KB110188

82년생 김진우의 변명

82년생 김진우의 변명

발행일	2019년 1월 25일

지은이	양진우		
펴낸이	손형국		
펴낸곳	(주)북랩		
편집인	선일영	편집	오경진, 권혁신, 최예은, 최승헌, 김경무
디자인	이현수, 김민하, 한수희, 김윤주, 허지혜	제작	박기성, 황동현, 구성우, 정성배
마케팅	김회란, 박진관, 조하라		
출판등록	2004. 12. 1(제2012-000051호)		
주소	서울시 금천구 가산디지털 1로 168, 우림라이온스밸리 B동 B113, 114호		
홈페이지	www.book.co.kr		
전화번호	(02)2026-5777	팩스	(02)2026-5747

ISBN	979-11-6299-518-1 03810 (종이책)	979-11-6299-519-8 05810 (전자책)

이 도서의 국립중앙도서관 출판예정도서목록(CIP)은 서지정보유통지원시스템 홈페이지(http://seoji.nl.go.kr)와
국가자료공동목록시스템(http://www.nl.go.kr/kolisnet)에서 이용하실 수 있습니다.
(CIP제어번호: CIP2019001902)

82년생 김진우의 변명

양진우 장편소설

북랩 book Lab

목차

어느 날

늘 20대인 줄만 알았던 김진우 씨.

생각과 다르게 현실은 어느덧 30대 중반을 넘어 불혹의 나이라는 마흔을 향해 달려가고 있다.

올해 37살인 그는 결혼 7년 차 가장으로 두 살 연하의 부인 윤희정 씨, 4살짜리 딸 수진 양과 서울의 끝자락 노원구 월계동의 24평 아파트에서 살고 있다.

국내 굴지의 D저축은행에서 10년째 근무하고 있으며, 직책은 과장으로 채권추심팀을 이끌고 있다.

그의 아내 윤희정 씨는 딸아이 출산 전까지, 카드사 마케팅팀에 근무하며 맞벌이를 했다. 이후, 수진 양 출산과 동시에 회사를 그만두고, 전업주부로 수진 양과 진우 씨의 뒷바라지를 하고 있다.

평범하기 짝이 없는 이 가정에 작은 사건이 생긴 것은 바로 지난주였다.

"여보 이게 뭐야?"

어느 멋진 날, 검정 가죽 재킷을 입고 검정 하이바를 착용한 진우 씨를 보고 아내 희정 씨가 물었다.

진우 씨는 마치 어린 시절 터미네이터에서 봤던, 아널드 슈워제네거처럼 멋지게 오토바이에서 내리며 대답했다.

"할리 데이비슨 팻보이, 내 어릴 적 로망이었어. 20년 넘게 마음속으로만 간직하고 있던 그 꿈을 이제야 이루게 되었어."

"당신 미쳤어? 당신이 사춘기 철없는 애야? 이제 수진이 유치원 들어가고 초등학교 들어가면 생활비며, 교육비가 얼만지 알아? 언제까지 이 좁아터진 24평 아파트에서 살 거야? 담보대출도 아직 1억 원 넘게 남았는데 나한테 상의도 없이 이런 비싼 오토바이를 사?"

"뭐? 미쳤다고? 당신 지금 말 다했어? 그게 결혼하고 가족한테 헌신한 사람한테 할 말이니? 그래… 너한테 오토바이 사는 거 상의하지 않은 건 잘못했다. 그런데 내가 할리 데이비슨 사겠다고 이야기했으면 니가 기분 좋게 허락했겠니?"

"아니. 당연히 허락 안 하겠지. 이거 타다 당신 죽거나 어디 병신 되면 어떻게 해?"

"당신은, 사랑하는 남편 김진우가 오토바이 타다가 다칠까 봐 걱정이 되는 거야? 아니면 당신에게 매달 꼬박꼬박 월급 벌어다 주는 현금인출기가 없어지는 게 걱정인 거야?"

진우 씨가 화가 나서 쏘아붙이자, 순간 희정 씨는 멈칫했다.

"아무튼, 이거 빨리 갖다 팔아!"

희정 씨는 냉랭하게 말하며 집으로 들어갔다.

진우 씨는 그런 희정 씨의 뒷모습을 바라보며 다시 팻보이의 시동을 걸었다. 그리고 20년간 마음속에 간직했던 할리 데이비슨 팻보이를 타고 오토바이 라이더들의 성지인 양평 만남의 광장으로 향했다. 신형 팻보이를 멋지게 탄 그를 다른 라이더들은 모두가 부러운 듯 진우 씨를 바라보았다.

진우 씨는 바이크에서 내려 커피를 마시며, 다시 한번 생각해보았다.

'결혼하고 나서, 아니 사회생활 시작하고 나서부터 너무 앞만 보고 달려왔어. 그게 인생 목표의 전부인 줄 알

왔지. 그렇지만 그렇게 살아서 난 단 한 번도 행복한 적이 없었지. 인생이란 한 번 사는 것이다.'

커피를 마신 진우 씨는 양평 만남의 광장에서 강원도 홍천까지 라이딩을 하고 집으로 돌아왔다.

진우 씨는 집에 와서 〈뽀로로〉를 보고 있는 수진이를 안아주었다.

"저녁 뭐 먹을래?"

여전히 냉랭했지만, 그래도 오랜만에 일찍 들어와서 수진이를 안아주는 진우 씨를 보며 희정 씨가 물었다.

"뭐 있는데?"

"피자, 탕수육, 치킨."

진우 씨는 내심 따뜻한 밥을 기대했지만 역시나였다.
진우 씨는 문득 어린 시절을 떠올렸다.

아버지는 한 달에 한두 번씩 집에 들어올 때 양념치킨
을 사가지고 왔다. 진우 씨의 누나는 프라이드치킨을
좋아했고, 진우 씨는 양념치킨을 좋아했다.

이런 오누이의 취향까지 생각한 아빠는 한번은 프라
이드치킨, 한번은 양념치킨을 사 왔고, 그때 아버지가
사다 준 치킨을 먹고 있을 때면 세상 무엇도 부러울 것
이 없었다.

그때 그렇게 맛있게 먹던 치킨이었지만, 결혼생활 이후
에는 밥 대신 먹는 게 치킨이었다. 아내 희정 씨는 아이
보기 힘들다며 진우 씨가 퇴근을 해도 따뜻한 밥을 차려
주는 날보다는 치킨이나 피자를 시키는 날이 많았다.

"아무거나 시켜."

희정 씨는 치킨집에 치킨을 시켰고 벌써 쿠폰을 다 모
았는지 쿠폰을 건네고 치킨 한 마리를 받아 나누어 먹
었다.

"여보, 아까 수진이가 먹다 남은 음식물 쓰레기 싱크대 옆에 있으니까 나갈 때 같이 버려줘."

치킨을 다 먹은 희정 씨는 방으로 들어갔고, 진우 씨는 남은 찌꺼기와 수진이가 먹다 남긴 음식물 쓰레기를 들고 아파트 음식물 쓰레기 수거함으로 향했다.

음식물 쓰레기를 버린 진우 씨는 마일드세븐을 꺼내 담뱃불을 붙였다. 그리고 길게 담배 연기를 뿜었다. 오늘따라 진우 씨가 뿜은 담배 연기는 한 가정을 책임지는 가장의 무게마냥 무겁게 무겁게 천천히 하늘로 날아가다 이내 사라져버렸다.

진우 씨는 샤워를 하고 잠옷으로 갈아입었다. 오랜만에 오토바이를 타서 그런지 약간의 감기 기운이 있어 몇 번 기침했다.

"여보. 감기 걸렸어? 수진이 옮으면 안 되니까 쇼파 가서 자."

진우 씨는 이불과 베개를 들고 쇼파로 향했고, TV를 틀자 OCN에서 영화 〈쇼생크 탈출〉이 나왔다.

'아… 저 은행원과 내 처지가 무엇이 다르단 말인가…'

진우 씨는 〈쇼생크 탈출〉의 주인공 엔디 듀프레인을 바라보며 중얼거렸다. 서서히 눈이 감기자 TV를 끄고 잠을 청했다.

🔥

곤히 잠든 진우 씨를 깨운 것은, 진우 씨의 핸드폰 알람이었다.

아침 6시 30분이 되자 어김없이 진우 씨의 핸드폰 알람 소리가 울렸고, 그 소리에 진우 씨는 반사적으로 몸을 일으켰다. 마음 같아서는 오늘이 토요일이었으면 좋겠다는 생각이었지만 현실은 이제 수요일일 뿐이었다.

알람 소리에 수진이가 깨기라도 하는 날엔 아침부터 희정 씨와 싸움을 각오해야 했기에, 진우 씨는 서둘러 알람 해제를 했다. 그리고 냉장고 앞으로 가서 우유를 꺼내, 준비한 시리얼에 우유를 부었다.

오늘 하루 전쟁을 하려면 아침부터 남자는 준비할 것이 많았다.

우유에 녹아든 시리얼이 오늘따라 유독 차가웠고, 차가운 시리얼에 우유를 마시고 있자니 갑자기 학창시절 어머니와의 전쟁이 떠올랐다.

진우 씨의 고등학교 시절 수업시간은 0교시를 8시부터 시작했기에, 학교에 7시 30분 전에 도착해야 했다.

7시 30분이 넘으면 선도부원들이 명찰을 빼앗았기 때문이다. 그나마 7시 40분까지는 명찰만 뺏기면 학교로 들어갈 수 있었지만, 7시 40분이 넘으면 교문이 잠겼다. 7시 40분이 넘어서 등교하는 날은 학생주임의 몽둥이찜

질이 끝나고 나서야 교문 안으로 들어설 수 있었다.

학교를 끝내고 학원까지 마치면 밤 10시는 훌쩍 넘었다. 그나마 고등학교 들어가서 중학교 때까지 배웠던 유도와 피아노를 그만두었고, 단과학원에서 수학과 영어, 그리고 국어를 배웠다. 지금 생각해보면 일주일에 한두 번이라도 운동을 하는 것이 좋았을 것이었다.

이 시기에 나온 젝스키스가 '학원별곡'을 부르면서 그랬던가.

"음악, 미술은 저리 미뤄두고 국, 영, 수를 우선으로 해야 아리 아리 아리 인정받고 일류 대학으로 간다."

학원에서 돌아와 잠드는 시간은 12시가 넘었기에 진우 씨는 아침에 일어나는 것이 가장 힘든 일 중 하나였다. 그 왕성하고 힘 좋은 고등학생도 졸음이 밀려오는 눈꺼풀은 이길 수가 없었다. 누가 그랬던가, 천하장사가 이기지 못하는 유일한 상대가 아침 눈꺼풀이라고.

그런 진우 씨를 더욱 힘들게 했던 건 진우 씨를 깨우는 어머니였다.

학교까지 가는 시간을 계산했을 때 6시 50분에 일어나서 바로 씻고 달려가기를 원했던 진우 씨. 하지만 6시 20분만 되면 어머니는 진우 씨 방으로 들어와서 진우를 깨웠다.

"엄마, 나 5분만 더 잘 거야."

"안 돼. 밥 먹고 가야지."

진우 씨는 아침에 5분을 더 자는 것이 그렇게 소원이었다.

"싫어, 아침 안 먹어."

진우 씨가 아무리 절규에 가깝게 소리쳐도, 어머니는 포기하지 않았다.

"공부하는 사람이 아침을 든든하게 먹어야 머리가 잘 돌아가. 어여 일어나서 한술 뜨렴."

"싫어. 나 잘 거야."

그럴 때면 진우 씨의 어머니는 이불을 들춰댔고, 팬티 바람으로 자고 있는 다 큰 아들의 볼기짝을 때렸다.

"어여 일어나, 인석아."

항상 이기는 건 어머니였고, 결국 진우 씨는 식탁 위에 앉아 먹기 싫은 아침밥을 떠야 했다.

진우 씨는 학창 시절 아침마다 엄마와 아침 먹는 문제로 싸우는 것이 가장 힘들었다.

진우 씨의 어머니는 항상 가장 먼저 일어나서, 출근하는 아버지의 아침을 챙겨주었고 일어나지 않겠다고 버티는 아들을 기어이 깨워서 식탁에 앉히고야 말았다.

그렇게 매일 국과 따뜻한 밥을 아들과 남편에게 주고, 자신은 찬밥에 남은 반찬을 드시곤 했다.

진우 씨는 오늘따라 그때 어머니가 끓여주시던 김치 찌개가 너무나도 그리웠다.

결혼을 하고 나서부터 진우 씨는 신혼 때 한 달 정도를 빼고는 따뜻한 밥을 먹어본 기억이 없다. 희정 씨와 맞벌이를 할 때는 그나마 토스트라도 챙겨주었지만, 수진이를 낳고 나서부터는 수진이가 어린이집을 갈 때까지 늦잠을 자기 일쑤였다.

그 옛날 어머니는 감기에 걸려 몸이 아파도 한 번도 아들과 남편의 아침밥을 걸러본 기억이 없었다. 정말 심하게 감기를 앓은 날에는 남편과 아들을 보내고 그제야 병원에 가고 잠시 집에서 쉬었다.
아침밥을 먹기 싫어했던 고등학생 김진우가 오늘따라 그렇게 한심하게 생각될 수가 없었다.

'아… 그때는 어머니는 그런 줄 알았습니다. 감기에 걸려도, 밥 차려 주는 걸 당연하게 생각했습니다. 하지만 어머니였기에 그랬습니다.'

비로소 진우 씨는 아침에 일어나서 밥을 한다는 것이 그렇게 힘든 것인지 깨달았다.

진우 씨는 딸과 아내가 깰까 봐 조심스레 샤워를 하고 정장을 꺼내입었다.
예전에 어머니는, 아버지가 일어나기 전에 밥을 차려 주시고 식사하는 동안 그날 입고 갈 정장과 넥타이, 양말까지 챙겨주셨기에, 아버지는 식사를 여유 있게 마친후 씻고 출근을 했다. 하지만 진우 씨는 아침 일찍 스스로 식사도 챙기고, 옷도 챙겨야 했다.

우여곡절 끝에 집에서 나와 마을버스를 탔다. 하계역에 도착하자, 이미 전철역은 학생들과 직장인들로 붐볐고, 온수행 열차를 타려고 기다리는 사람들은 긴 줄을 섰다.

이미 만원인 지하철에 그가 앉을 자리는 없었다. 모두
가 고개를 푹 숙인 채, 하나같이 스마트폰을 보고 있었
고, 진우 씨도 문에 기댄 채 졸음을 쫓아내며 고개를
숙여 스마트폰을 봤다. 노원역이나 마들역부터 자리를
잡아온 이들은 자리에 앉아서 이어폰을 귀에 꽂고 잠이
들었다.

8시 30분에 사무실에 도착한 진우 씨는 자리에 앉아
하루를 준비했다. 진우 씨가 회사에서 인정받은 것은 바
로 이 성실함이었다. 신입 시절부터 출근 시간이 9시까
지라면 늘상 8시 10분에서 늦어도 8시 20분에 도착하
곤 했다.

그렇게 8시 20분을 목표로 출근을 하면 간혹 전철이
밀리거나 집에서 조금 늦는 날에도 8시 30분 이전에는
사무실에 도착했던 것이다.

8시 30분에 도착해서 커피를 한잔 마시고 컴퓨터를
켜고 그날 업무를 준비하면 8시 50분부터는 여유 있게
하루 업무를 시작할 수 있었고, 그것이 회사에서 인정
받는 사원이 되는 비결 중 하나였다.

하지만 요즘 입사한 신입사원들은 9시가 출근이면 빨리 도착해야 8시 50분이었다. 그렇게 8시 50분이나 55분에 헐레벌떡 뛰어서 도착해서 커피를 마시고, 담배를 한 대 피면 실제 업무 시작은 9시 20분이 돼서야 가능했다.

게다가 출근 시간 목표를 애초에 9시로 잡기 때문에, 지하철이 연착하거나 집에서 조금 늦게 나오는 날에는 9시를 넘어 9시 5분, 10분, 때론 20분까지 지각을 할 때가 많았다.

처음에는 잔소리도 해봤지만, 그런 진우 씨를 젊은 직원들은 꼰대라고 싫은 티를 냈고, 싫은 소리를 잘 못하는 진우 씨는 이내 포기하고 그저 일이라도 잘하기를 바랐다.

그가 신입사원 시절에는 선배들보다 늦게 출근하는 것은 있을 수가 없었는데, 이제 그가 중간관리자가 되자 후배까지 챙겨야 하는 상황이 되었다.

이래저래 대한민국에서 가장 힘든 사람은 기업의 30대 과장, 그리고 군대의 일병이다. 가운데에 끼여 위에서 깨지고 아래서 깨지는 건 당해보지 않은 사람은 모른다.

🔥

"과장님 좋은 아침이에요. 모닝커피입니다."

진우 씨 다음으로 일찍 출근한 사원은 입사 6개월 차 김애리 씨였다.

"고마워요."

올해 23살인 김애리 씨는 고등학교를 졸업하고 아르바이트를 하다가 D저축은행에 입사했다. 요즘 젊은 아가씨 같지 않게 싹싹하고 출근도 일찍 하는 데다가 맡은 업무는 꼼꼼하게 잘해서 진우 씨가 가장 마음에 들어하는 사원이었다. 다만 아쉬운 것은 2년 계약직이었기 때문에 앞으로 볼 수 있는 날은 1년 6개월 정도라는 것이었다.

회사 입장에서 2년 뒤에 재계약은 정규직을 의미하는 것이었는데, 아직 고졸 계약직이 정규직이 된 경우는 없었기 때문에 김애리 씨 역시도 1년 6개월이 지나면 다른 직장을 알아봐야 했다. 그리고 회사는 또다시 저렴한 임금의 고졸 계약직을 뽑을 것이고 그렇게 계속 싼 임금으로 사람을 쓸 것이다.

하지만 실무자로서는 2년 동안 일을 가르쳐서 어느 정도 익숙할 때가 되면 일을 그만두고 다시 뽑은 사람에게 새로 교육을 해줘야 했기 때문에 항상 계약직 사원의 계약 기간이 끝나는 시점에는 예민해 있을 수밖에 없었다.

"애리 씨는 항상 웃음이 가득해. 아침부터 좋은 일 있어?"

"이렇게 아침에 출근할 곳이 있고, 제가 할 일이 있는 게 너무 좋아요. 부모님도 계약직이긴 하지만 이렇게 저축은행에서 일한다는 걸 자랑스러워하세요."

"그래. 그렇게 열심히 하다 보면 계약 기간 끝나고 정규직이 될 수 있겠지."

"말씀만이라도 감사합니다."

"애리 씨 법원서류 처리하는 거 보면, 이해도가 워낙 빨라서 충분히 대학교도 갈 수 있었을 텐데 왜 안 갔어?"

"제 자랑 같지만, 중학교 때까지는 항상 전교에서 10등 정도 했는데 아버지 사업이 실패하면서 집이 어려워졌거든요. 오빠는 어머니가 친척들한테 도움을 받고 학자금 대출을 받아 겨우 대학을 가서 저는 19살 때부터 일을 시작했어요. 저라도 부모님께 도움이 돼야죠."

"이런…."

"그래도 지금이 좋아요. 이렇게 과장님처럼 좋은 분 밑에서 일하고 있잖아요. 하루하루 많이 배우고 있어요."

그러고 보면 애리 씨는 항상 책을 손에 들고 다녔다. 지하철에서 스마트폰만 보는 요즘 젊은이들과는 달리 전철에서 출퇴근 시간에 항상 책을 보는 듯했다.

진우 씨가 업무를 시작하고 얼마 되지 않아 사내 메신저로 부장의 호출을 받았다.

"김진우 과장."

"네, 부장님."

"이따 10시에 과장급 회의 있으니 12층 회의실로 올라와요."

"네. 알겠습니다."

시간을 보자 벌써 9시 30분이었다. 진우 씨는 최지은 대리와 윤정호 대리를 불렀다.

"최 대리, 나 10시에 회의 들어가야 해. 이번에 입사한 신입직원들 오늘부터 출근인가요?"

"네. 지금 인사과에서 사원 카드 발급 중입니다."

"내일부터 둘 다 다 업무에 바로 투입할 수 있도록, 채권추심 기본 매뉴얼 교육하고 전화업무 응대 숙지시키세요."

"네."

"3개월 이상 장기연체자 중에 부동산 자가소유자 리스트 정리해서 관할 법원에 가압류 신청하세요."

"네. 알겠습니다."

"윤정호 대리도 이제 입사 3년 차죠?"

"네. 과장님."

"윤 대리 열심히 하는 건 알겠는데, 요즘 자영업자 채권회수율이 너무 저조해요."

"죄송합니다, 과장님."

"그동안 인력 부족했다는 핑계도 있었지만, 오늘부터 신입직원 보강되니까, 손발 한번 제대로 맞춰봅시다. 일단 자영업자들은 방문 추심이 더욱 효과적인 만큼 내일 방문 계획 세워서 보고하세요. 내년에 윤 주임으로 강등되느냐, 윤 과장이 되느냐는 전적으로 윤 대리 하기에 달려있어요."

"네. 알겠습니다."

업무지시를 마친 진우 씨는 회의실로 올라갔다.

"오 과장, 오랜만이야. 잘 지냈어?"

"네. 김 과장님. 요즘 너무 바빠서 인사도 못 했네요.

조만간 식사 한번 해요."

오윤주 과장은 진우 씨와 입사 동기였지만 군 제대 후
사회생활을 시작한 진우 씨의 나이가 세 살이 많아서 주
로 오윤주 과장이 말을 높이고 진우 씨가 말을 놓는 사이
였다.

아이 두 명을 키우는 워킹맘이기도 한 오윤주 과장은
34살의 어린 나이임에도 매끄러운 일 처리로 회사 내에
서 평판이 좋았다.
후배들을 워낙 잘 챙기는 데다가 남자들이 여성 사원
들에게 성적인 농담을 하거나 성희롱이라도 하는 날에
는 비록 상사라도 면전에서 대놓고 항의했기 때문에 후
배들이 가장 따르는 선배였다.

남자들도 여자 상사는 달가워하지 않았지만, 오윤주
과장은 다른 여자 상사와 다르게 여자라고 야근을 빼주
거나 주말근무 시 남자, 여자 차별하는 법이 없었기에
남직원들도 가장 일하고 싶고 술 한잔 하고 싶은 선배로

오윤주 과장의 인기가 높았다.

물론 그런 그녀의 인기는 두 아이의 엄마임에도 불구하고 철저한 자기관리에 따른 빼어난 외모도 한몫을 했다. 단발머리에 동그란 안경이 그녀의 트레이드마크였다.

입사 초기에는 남녀 사이를 초월해서 동료로서 남달리 친했기에 주위 사람들로부터 오피스 와이프 아니냐는 농담도 들었던 두 사람이었고, 진우 씨도 오 과장을 여자로 본 적도 있었다.

하지만 둘 다 주임, 대리를 거쳐 실적의 압박을 받는 책임자가 되고 나서부터는 밥 한번 먹기 힘든 사이가 되었고, 이렇게 회의가 있을 때나 가끔 얼굴 보는 사이가 돼버렸다.

"다들 모였나?"

"네. 부장님."

여신총괄부장 김덕호였다.

"이번에 우리 계열사 엘엔씨대부가 한국에서 사업철수를 하게 된 건 다들 아시죠?"

"네. 부장님."

"우리 D저축은행에서 엘엔씨대부 소비자금융팀을 인수하기로 했어요. 앞으로는 대출심사팀 오윤주 과장 그리고 채권회수팀 김진우 과장 역할이 더욱 중요해졌어요."

"네. 부장님. 열심히 하겠습니다."

두 사람이 동시에 대답했다.

"김진우 과장."

"네. 부장님."

"요즘 채권추심 실적이 그리 좋지가 않아요. 대손채권*이 너무 많아요. 자영업자 부실채권도 요즘 급격히 늘어났어요."

"죄송합니다. 요즘 경기가 너무 어려워 매출이 줄어든 채무자가 늘어난 데다가, 다들 다중채무자라 회수가 어렵습니다."

"김진우 과장! 과장은 실적을 내는 자리야, 실적! 변명하는 자리가 아니다 이겁니다. 사람은 누구나 그릇이 있어요. 김 과장 그릇이 이 정도밖에 안 된다면. 그릇에 맞는 직책을 달아야겠지요."

"죄송합니다, 부장님."

"엘엔씨대부 업무를 우리 저축은행에서 인계함에 따

---

* 대손채권이란 회수 불가능한 채권이다. 예를 들어 100억 원의 채권을 관리하는 팀이 있으면 이 중에서 15억 원의 부실채권이 발생한다면 대손채권은 15%라고 볼 수 있다. 대부업체의 평균 대손율은 20%가 넘어간다.

라 엘엔씨대부 직원들 역시도 우리 회사에서 100% 승계하기로 했습니다. 인사이동을 최소화하기 위해 김진우 과장에게 팀장, 엘엔씨대부 이명신 과장에게 부팀장을 맡길 생각입니다. 이명신 과장이 김진우 과장 후배죠?"

"네. 그렇습니다."

"하지만 지금처럼 김진우 과장팀 실적이 떨어지면 분위기 쇄신 차원에서 이명신 과장과 김진우 과장 역할이 바뀔 수 있어요. 인사팀 최 전무님 스타일 잘 아시죠? 그분 스타일은 경력, 직책 이런 것보다 무조건 실적을 우선시하는 분입니다. 입사한 지 오래된 순서로 승진한다는 생각을 하면 안 돼요. 김진우 과장은 계속 팀장직 유지하고 싶으면 잘하세요. 안 그러면 후배를 상사로 모셔야 하는 불상사가 생길 수 있어요."

진우 씨는 김덕호 부장의 말을 계속 경청했다.

"열심히 하는 건 직장인의 기본입니다, 기본. 직장인이 열심히 하는 건 당연한 거고 그보다는 잘해서 성과를 내야 돼. 신입사원 때야 그저 회사에서 시키는 대로, 선배들이 시키는 대로 했고, 주임, 대리 때는 윗사람 눈치만 보면 되는 자리였죠. 하지만 과장은 회사의 주춧돌 같은 역할이야. 중간 간부다, 이거예요. 직장인의 얼굴은 실적입니다. 실적이 나오지 않는 과장은 회사에 존재할 이유가 없어요."

"명심하겠습니다. 부장님."

"다음 달까지 개인회생, 파산* 사건 최대한 줄이고 대손채권도 최대한 줄이도록 해요. 오윤주 과장도, 영업 좀 공격적으로 해서 여신 잔고 좀 늘려요. 저축은행은 은행이 아니에요. 우리 역할이 무엇입니까? 은행에서 대

---

* 개인파산제도란 채무자가 과도한 빚으로 빚을 갚지 않아도 되는 법원의 제도이며, 개인회생제도란 개인파산제도와 마찬가지로 채무자가 과도한 빚을 진 채무자의 빚 일부를 탕감해주는 제도로 두 제도 모두 돈을 빌려준 채권자 입장에서는 손해가 큰 제도이다. 반대로 채무자 입장에서는 이익이 크다. 그렇기 때문에 간혹 이 제도를 악용해서 빚을 떼어먹는 사람도 있다. 물론 정말 빚을 감당 못 해서 개인회생을 통해 빚을 갚고 재기하는 사람이 많기는 하다.

출 안 되는 고객들에게 더 높은 금리로 대출을 내주는 게 저축은행의 역할이에요. 더욱이 앞으로 엘엔씨대부가 철수하고 대부업체 시장까지 우리가 장악하려면 더욱 노력해야 할 것이야."

"알겠습니다. 부장님."

회의를 마친 진우 씨는 자리로 돌아왔다.

"최지은 대리, 신입직원 교육 다 끝났나요?"

"네. 과장님. 기본적인 채권 추심 메뉴얼 교육은 다 숙지했습니다."

"수고했어요. 내일부터 단기채권 회수업무 투입 가능한가요?"

"네. 일단 3일 미만 단기 연체는 가능할 것으로 판단됩니다."

"최 대리도 업무 많이 쌓여있죠?"

"네. 지급명령신청, 부동산 소유자 부동산 가압류해야 합니다."

"김애리 씨, 채권가압류 서류작성 가능하죠?"

"네."

"그럼 최 대리가 김애리 씨랑 내일 오전까지 지급명령 신청*, 부동산가압류 신청 마무리하세요. 늦어도 오후 까진 법원에 서류 제출할 수 있도록 하세요."

"윤 대리, 내일 방문 추심 스케줄 정리 완료했나?"

"네. 아침 9시 월계동으로 현지 출근 후 업무시작하면

---

* 지급명령 신청이란. 채권자가 채무자의 재산을 압류하기 전에 집행권원을 확보 하는 행동이다. 지급명령 확정이 되면 그때부터는 채무자의 재산에 대한 압류가 가능하다. 따라서 지급명령 신청에 들어갔다는 것은, 더 이상 채무자에게 말로서 추심이 안 되는 만큼 압류조치를 취하기 전 마지막 절차라고 볼 수 있다.

저녁 7시까지는 노원, 도봉, 의정부 지역까지 방문 추심 가능합니다."

"그래. 윤 대리 방문하는 동안 최지은 대리가 안에서 백업 확실히 해주고. 3일 미만 단기 채권은 신입직원들 내일부터 당장 업무할 수 있도록 해요."

진우 씨는 8시가 넘어서 퇴근을 했고, 퇴근길에도 전철에 그가 앉을 자리는 없었다.

그렇게 늦은 시간은 아니었기에 집에 오자 수진이는 〈지구왕자 아이쿠〉를 보고 있었고 아내 희정 씨는 소파에 누워 핸드폰만 보고 있었다.

오늘 하루 전쟁을 치르고 온 가장에게 따뜻한 말 한 마디 건네는 이는 없었다.

"수진아, 아빠 왔다."

수진이는 가끔 늦게 잘 때야 안아주는 아빠가 어색한지 얼굴을 찡그렸다. 마치 '나 〈아이쿠〉 계속 보고 싶어요.'라고 말하고 싶은 듯했다.

"밥은 먹었어?"

수진이를 안고 몇 번 뽀뽀해주고 나서야 희정 씨가 물었다.

"아직 못 먹었어."

"아직 밥도 안 먹고 뭐 했어. 저기 피자 시켜 놓은 거 있으니까, 레인지에 돌려먹어. 난 애 씻기고 잘게."

희정 씨는 아이를 안고 화장실로 들어갔고 진우 씨는 피자를 먹고 잠이 들었다.

어린 시절 진우 씨는 TV에서 만화를 보다가도, 아빠가 퇴근하면 평소에는 반말을 쓰다가도 "아빠, 다녀오셨어요." 라고 인사하라고 늘 엄마에게 교육받았다.

아빠는 이 집안의 가장이고 우리가 이렇게 먹고사는 것도 아빠가 있어서였다는 것을 늘 어머니는 진우 씨와 누나에게 강조했다.

다음 날 아침이 되자 진우 씨는 피곤한 몸을 이끌고 전철을 탔고, 계속해서 이 쳇바퀴 같은 시간이 계속되었다.

며칠 뒤 신입직원 두 명 중 한 명이 채권추심업의 업무 강도를 이기지 못하고 퇴사했고, 한 사람의 손이 아쉬운 진우 씨는 직접 팀 전체를 관리하며 전화 추심까지 했다.

채권추심원은 적성에 맞지 않으면 출근 후 며칠 만에 그만두는 일이 다반사이기 때문에 적성이 무엇보다도 중요하다. 입사 자체가 어려운 것은 아니지만, 자신과 업무영역이 맞지 않을 경우 이렇게 그만두는 경우가 많다.

"윤정호 대리, 노원, 의정부 자영업자 채권회수 방문 결과 어떻게 되었나요?"

"네, 과장님. 성신기계 김 사장, 프리팬시 문구점 정 사장, 펠시아 피시방 이 사장은 개인회생 신청했다고 변호사랑 이야기하라고 합니다."

"젠장… 채무자 대리인 제도*가 채무자만 살판 나게 만들었군…. 나머지는요?"

---

* 채무자 대리인 제도란, 채무자가 변호사 등 특별한 자격을 가진 자에게 채무대리를 위임하면 채권자는 채무자가 아닌 채무자 대리인인 변호사에게 채권추심을 해야 하는 제도다. 드라마에서 재벌 2세가 경찰이나 검찰의 연락을 받으면, "우리 변호사랑 이야기하세요. 난 경찰 직접 상대할 일 없습니다."라고 했던 것이, 이젠 은행에 빚을 진 채무자도 약간의 돈만 있으면 돈 갚으라는 채권추심원의 전화에 "변호사랑 이야기하세요."가 가능한 시대가 왔다. 당연한 이야기지만 돈을 빌린 사람이 아닌 변호사에게 채권 추심을 한다는 것 자체가, 채권추심을 하지 말라는 말과 다를 바 없기는 하다.

"5건은 받아왔고 4건은 이달 말까지 약속 잡았습니다. 도니돼지 김 사장은 문이 닫혀있어 주변 가게에 물어보니, 며칠 전부터 돈 받으러 오는 사람들이 많아 연락이 안 된다고 합니다."

"상가 임대차 보증금 압류신청은 가능한가?"

"어려울 것 같습니다. 건물주 면담도 했는데 이미 월세가 많이 밀려서 남아있는 보증금이 하나도 없다고 합니다."

"한마리반치킨 유 사장은? 그 양반 지난달에 처음으로 돈 빌려가서 아직 한 번도 입금 안 했잖아."

"저기, 그게…. 아무래도 유 사장 건은 포기해야 할 것 같습니다."

"왜 그런가?"

윤정호 대리는 한마리반치킨집을 방문해서 유재민 사장을 찾았고, 그곳에서 유 사장의 아내에게 끔찍한 이야기를 들었다.

20년 넘게 직장생활을 하던 유재민 사장은 회사에서 정리해고를 당하고 퇴직금과 은행대출을 이용해서 치킨집을 차렸다.

하지만 갈수록 어려워지는 경기에다가 주변 치킨집이 많이 생기면서 장사는 점점 안 되기 시작했고, 은행대출이 밀리면서 대부업과 저축은행 돈을 썼다.

결국 대부업에서조차 돈을 빌려주지 않자 동네 일수 3곳에서 빌려 쓰게 되었고 그 사채마저 갚지 못하자 사채업자들이 매일같이 치킨집으로 찾아왔다.*

---

* 현행법에서 이자제한법은 연간 24%로 1개월에는 2%로 제한되어있다. 또한 선수수료는 불법이기 때문에 500만 원을 빌려주면서 100만 원을 제했다면 실제로 400만 원에 대한 2%인 8만 원까지가 적정이자이다. 80만 원의 이자를 받았다면 한 달 이자만 20%로 연간 240%에 달하는 고금리이다. 신고하면 된다고 생각하는 사람들도 있겠지만, 사채업자는 모든 돈거래를 현금으로 하고 실제 차용증에는 빌린 돈의 2배 내지는 3배를 적어놓기 때문에 신고해도 증거가 없어 해결이 쉽지 않다.

유 사장이 사채를 쓴다는 소문은 시장에 금방 돌았고
가뜩이나 주변 치킨집 때문에 줄었던 매출은 손님들이
유 사장 가게를 기피하면서 더욱 줄어들었다.

"유 사장님, 돈 갚으셔야죠?"

"죄송합니다. 1주일만 더 말미를…."

"허허…. 유 사장님. 말미는 충분히 드렸습니다. 이제
더 이상은 안 되겠습니다. 마지막으로 시간을 드리겠습
니다. 내일 오전까지 전액 상환하세요."

김기환은 유 사장에게 돈을 빌려주면서 유 사장 핸드
폰에 있는 주소록을 그대로 복사해갔기 때문에 마음대
로 도망가지도 못했다.
심지어 유 사장의 두 딸이 어느 학교 몇 학년 몇 반인
지까지 아는 터라 김기환의 손바닥 안에서 놀고 있는 게
현실이었다.

유 사장은 인건비를 줄이기 위해 직접 배달을 나섰고, 항상 밤늦게까지 일하고 거기서 번 돈은 모두 사채업자에게 주었기에 스트레스와 피로도는 극을 달했다.

그렇게 피곤한 상태에서 오토바이 배달에 나섰다가 사고를 당하고 말았다. 한 건이라도 더 배달하기 위해 파란색 신호가 바뀌기 전에 사거리를 건너다가, 승용차를 들이받고 여전히 의식불명 중이다.

유 사장이 크게 다쳐 병원에 눕자 자연스레, 치킨집은 폐업을 하게 되었다. 윤 대리가 방문했을 때는 이미 아내가 치킨집을 정리하고 있었다.
사채업자들은 치킨집 임대차보증금까지 압류해서 돈을 가지고 갔고, 결국 유 사장 가족에게 남은 것은 빚뿐이었다.

부모의 사업실패는 아이들의 미래에도 영향을 주었다. 개천에서 용 나던 시절은 말 그대로 용과 호랑이가 담배 피우던 시절 이야기다.

할아버지의 재력, 아버지의 무관심, 어머니의 극성스러운 교육열은 좋은 대학으로 갈 확률을 높여주는 것이 현실이었다.

반대로 부모가 대부업 대출을 받아 겨우겨우 연명하는 집 아이들은, 단과 학원 하나 다니기도 벅찬 것이 대한민국의 현실이었기에, 채무자들은 아버지라는 이름으로, 가장이라는 이름으로 몸이 부서져라 열심히 살았다.

"허 참…. 그 양반도 딱하구먼. 그냥 못 갚을 것 같으면 대부업이나 저축은행에서 멈췄어야지. 왜 사채까지 쓰고…."

"어찌 되었든 회수 가능성은 없어 보입니다."

"그렇겠지…."

진우 씨의 얼굴이 일그러졌다.

자영업자들뿐만 아니라, 직장인들 역시도 많은 빚 때문에 연체가 잦아졌고 늘상 진우 씨는 야근에 시달릴 수밖에 없었다.

그들 모두 대한민국에서 열심히 사는 소시민들이었다. 과연 그들은 무엇을 위해 그렇게 열심히 돈을 벌고 밤낮, 주말도 잊고 일을 했던 것인가? 그건 바로, 자녀들은 최소한 자기들처럼 남에게 아쉬운 소리 하며 살지 않고 당당하게 살기를 바랐기에 자신을 희생했던 것이 아닐까?

열심히 일하기로는 둘째가라면 서러운 진우 씨였지만, 겨울보다 더 매서운 경기 한파는 서민의 삶 곳곳을 파고들었고 그것은 진우 씨팀의 실적악화로 이어졌다.

"과장님, 도봉동 전철역 앞 편의점 이성호 사장이요…"

"응? 이 사장이 왜?"

며칠째 지속된 야근과 실적 부진으로 예민해진 진우 씨의 대답은 여느 때와 달리 날카로웠다. 그것은 좋지 않은 소식이라는 것을 직감한 게 아닐까.

"가족한테 방금 연락 왔는데 죽었답니다…."

"뭐?"

이성호 사장은 이른 나이에 가정을 꾸렸고, 직장생활을 하다가, 지인의 권유로 편의점을 차렸다.

별다른 기술이 없어도 쉽게 차릴 수 있었고 월 500만 원의 순수익을 보장한다는 영업사원의 이야기를 듣고 아무 경험도 없는 상태에서 무리하게 편의점 개업을 했다.

영업사원의 말과 다르게 편의점 경영은 매우 어려웠다. 최저 시급은 점점 오르는 데다가, 편의점 영업사원들이 기존 점주의 수익은 생각하지 않은 채 무분별하게 편의점 개업을 해주면서 어느덧 이사장의 편의점 주변

반경 200m 안에 5개의 편의점이 난립했고, 치킨게임은 시작되었다. 이건 점주가 열심히 한다고 해서 해결될 문제가 아니었다.

이사장은 가장 아르바이트생을 뽑기 어려운 시간인 야간 10시부터 다음날 오전 12시까지 14시간 동안 편의점을 지켰다. 이후 아내가 12시부터 4시까지 잠시 봐주면 아르바이트생 한 명이 4시부터 10시까지 일을 했다.

그렇게 한 달 내내 쉬는 날도 없이 밤 10시부터 다음날 오전 12시까지 편의점에서 스마트폰을 보며 그렇게 시간을 보냈다.

"여보. 이번 달 얼마나 남을 것 같아?"

"월세, 아르바이트비 빼면 200만 원도 안 남아."

아내의 한숨을 보고 있는 성호 씨 자신도 한숨이 나왔다. 하루 18시간을 아내와 쉬는 날 없이 일한 대가가 둘이 합쳐서 한 달 200만 원이었던 것이다.

신선식품은 주문해놓고 일정 시간이 지나면 버리고 이를 본사에서 일부 보조금을 준다. 폐기되는 것이 아까워서 주문을 조금 하면 장사가 안 되고, 그렇다고 주문을 너무 많이 넣어놓으면 버리는 것이 너무 많았다.

성호 씨는 그렇게 버리는 것이 아까워서 항상 삼각김밥, 빵으로 끼니를 때웠고 그 좁디좁은 카운터 안에서 종일 있었기 때문에 운동은 생각도 못 했다.
그리고 아르바이트생의 펑크와 떨어지는 매출로 크나큰 스트레스를 받았고, 그 스트레스는 시시때때로 피워대는 담배와 퇴근 후 맥주로 풀었다.

집은 그저 잠을 자는 곳일 뿐이었다. 하루 24시간 중 14시간을 편의점에서 보내고 나머지 10시간도 집에 와서 잠을 자면 친구를 만나거나 취미활동을 하는 것은 꿈도 꿀 수 없었다. 그마저도 아르바이트생이 펑크를 낼 때면 때론 거의 24시간 내내 편의점을 지킨 적도 있었다.

그렇다고 폐업을 하자니, 편의점 본사와 계약 기간을 채우지 못하면 내야 하는 과도한 위약금은 성호 씨의 발목을 잡는 족쇄였다.

그렇게 몸 관리를 제대로 못 하고 항상 담배와 술, 인스턴트 식사를 했던 이사장은 대장암에 걸렸고 몸에 이상을 느껴 병원에 갔을 때는 이미 온몸에 암세포가 퍼진 후였다.

그전부터 머리가 어지럽거나 소화가 안 되고, 때론 혈변이 나올 때도 병원에 가지 않은 것이 큰 병을 키웠다. 결국 암 판정 한 달 만에, 사랑하는 가족을 두고 세상을 떠났다.

그나마 다행인 점은, 암보험에 가입되어 있어서 사망보험금이 꽤 나온다는 것이었고, 그것이 성호 씨가 가족에게 준 마지막 선물이었다. 어쩌면 결과적으로 그것이 더 남은 가족에게는 나았을지도 모른다.

가장의 죽음으로 인하여 생긴 사망보험금은 어쨌든 성호 씨 가족의 보금자리를 반지하 월세에서 아파트로 옮겼고 아이들도 학원에 다닐 수 있게 했다. 그것은 가장이었던 성호 씨가 살아생전에 할 수 없던 일이었고 오히려 그가 사망한 뒤에 가족에게 해줄 수 있는 일이었다.

어쩌면 저 세상에서 성호 씨는 자신의 죽음으로 인하여 남은 가족들이 조금 더 편하게 살아가고 있다는 것에 안도하고 있을지도 모른다.

사망보험금은 망자인 이성호 사장의 것이 아니라, 가족의 몫이었기 때문에 결국 이성호 사장 채권은 영원히 받을 수 없는 부실채권으로 남고야 말았다.

진우 씨는 이렇게 관리하던 채무자들에게 돈을 받지 못한 채 월말이 되자, 회사에서 정해준 목표치에 한참 미달된 채 김덕호 여신총괄부장의 호출을 받았다.

"김 과장."

"네. 부장님."

"미안하게 되었어."

"네?"

"엘엔씨대부 이명신 과장이 차장 1년 차로 승진하면서 팀장 역할을 맡게 되었어. 김 과장은 다시 1년 열심히 하면 내가 차장 진급하도록 도와줄게. 다음 달부터는 이명신 차장 도와서 잘 해봐. 자네로선 후배 밑에서 부팀장으로 일하는 게 불편하겠지만, 그럴수록 더 열심히 해야 돼. 전무님도 자네 성실한거 잘 아시니까. 이번에는 무언가 보여주라고."

"알겠습니다…"

김 부장은 진우 씨의 어깨를 툭툭 쳐주며 위로했고,

진우 씨는 김 부장에게 짧은 목례를 하고 힘없이 자리로 돌아왔다.

진급에 실패한 만년 과장, 사실상 회사로서는 나가라는 이야기였다. 가정이 없는 싱글이라면, 후배가 자신의 상사가 되는 이 같은 상황이라면 미련 없이 그만둔다.
하지만 그건 어디까지나 금수저 내지는 부양가족이 없는 사람들의 이야기이고, 가정이 있는 사람은 그런 선택을 할 수도 없다. 그 또한 남자의 운명이다.

"나 먼저 퇴근할게. 윤 대리, 최 대리 마무리 좀 지어줘요."

"네. 과장님. 얼굴이 많이 수척해지셨네요. 일찍 들어가서 쉬세요."

두 사람은 이미 사내 인트라넷을 통해 김진우 과장이 후배에게 밀려 차장 진급에 실패했다는 것을 알았다.

그렇게 일찍이라고 볼 수도 없는 오후 5시에 밖을 나설 때쯤, 친구 동진 씨에게 전화가 왔다.

"너 할리 데이비슨 팻보이 뽑았다며? 우리 같이 속초 투어 한 번 가야지? 축하한다, 짜식. 오늘 기념으로 한잔 사라."

"그래, 알았다. 근데 술은 돈 잘 버는 니가 사면 안 되겠냐?"

"알았다, 알았어. 내가 살게. 재현이랑 이따가 7시까지 석계역에서 보자."

이동진 씨와 김재현 씨. 둘은 모두 중, 고등학교 친구였다. 고등학교 졸업 이후 여러 친구들과 동창회도 했지만, 마음 편히 술 마시며 속내를 드러낼 수 있는 친구는 둘이 가장 편했기 때문에 셋은 자주 어울렸다.

이동진 씨는 외국계 컨설팅 회사 홍보팀에서 근무하고 있다. 진우 씨보다 높은 6천만 원의 연봉에 외국계 회사답게 연차 사용이 자유롭다.

컨설팅 회사이기에 한 번 거래가 시작되면 대부분 장기적인 고객이 많은 데다가, 고객들도 매출향상을 위해서는 동진 씨의 컨설팅 능력이 필요했기에 갑과 을이 아닌 대등한 수직관계였다.

동진 씨는 부모님도 여유가 있어서, 직장생활을 시작한 다음에는 작은 오피스텔을 전세로 계약해주었다.

오피스텔에 혼자 사는 동진 씨는, 전형적인 골드 미스터로 한 여자에게 집착하지 않고 자유롭게 연애를 한다. 현재는 BMW5 시리즈를 끌고 다니지만, 제조사의 보증기간이 끝나는 3년이 지나면 미련 없이 차를 팔고 새로운 차를 탈 것이다.

30대 초반부터 벤츠, 아우디, BMW를 번갈아가며 소유했고, 오토바이는 할리 데이비슨의 3,600만 원에 달하는 고급 투어러 로드킹 모델을 타고 있다.

평소에는 퇴근 후에 호텔 휘트니스 클럽에서 헬스와 수영을 하고, 틈나는 대로 오토바이를 타며 전국 맛집 투어를 다닌다.

한 달에 한두 번 오토바이를 타지 않는 일요일에는 사회인야구 주장으로 활동하며 멋진 인생을 살고 있기에, 진우 씨가 결혼생활에 찌든 것을 보고는 충분히 결혼할 능력이 있지만 비혼을 선언한 지 오래다.

"지난주 일요일 경기에서 역전 홈런 한 방 쳤다. 진우 너도 학교 다닐 때, 동네야구 좀 했잖아. 우리 팀에 언제 들어올래?"

"내가 지금 야구 할 때냐? 나도 무지하게 하고 싶다."

"니가 우리 팀에 들어오면 내가 글러브랑 배트 좋은 놈으로 선물해줄게."

"말만이라도 고맙다. 일요일에 내가 애 봐야지, 너처럼 팔자 좋게 야구 하러 다닐 시간이나 있겠냐."

"하긴… 그 심정 내가 잘 알지."

"알긴 뭘 알아. 나도 너처럼 하고 싶은 거 다 하면서 살고 싶다."

김재현 씨. 그 역시도 37세 미혼이지만 동진 씨와는 다른 의미에서 미혼이다. 고등학교 졸업 때까지 놀기만 했던 그는 37살이 되도록 한 직장에서 오래 정착을 하지 못한 채 계약직을 전전했다.

군대를 다녀와서, 첫 직장으로 배달 아르바이트를 했고, 그걸로도 그 당시에는 또래보다 많은 돈을 벌었던지라 2년이 넘게 오토바이 배달을 했다. 하지만 갑작스러운 오토바이 사고로 몇 달간 병원에 입원했고, 그때 모은 돈을 병원비와 생활비로 다 까먹었다.

그제야 다시 일자리를 찾았지만, 고등학교만 졸업하고 별다른 기술이 없던 재현 씨는 늘 공장이나 배달일 같은 단순직을 전전했다. 그렇게 특별한 기술이 없었기 때문에 연봉은 아직도 2,400만 원을 넘지 못했고. 그마저도 2년 계약이 끝나면 다시 단순한 일자리든 공장이든 일자리를 찾아야만 했다.

김재현 씨는 결혼을 포기한 지 오래다. 37세에 2010년
식 포르테를 끌고 다니며 모아놓은 돈도 없는 그에게 결
혼은 사치였고, 여자들로부터 전형적인 한남이라고 무
시당하는 남자였다.

그러다 보니, 항상 셋이 술을 마시면 주로 가장 많이
돈이 나오는 1차는 동진 씨가 샀고, 2차 호프집은 진우
씨가, 그리고 3차 커피나 편의점은 재현 씨가 샀다.

"재현이 요즘 만나는 아가씨 있어?"

"누가 나 같은 걸 만나주겠냐. 어디 베트남이라도 가
야 하는 거 아닌가 몰라."

"니가 베트남 아가씨 만나서 국제결혼 하면, 동진이랑
나랑 부조금 200만 원씩 쏜다."

"고맙다. 너희들뿐이다."

"동진이는 이번 설날 때 어디가?"

"할리 데이비슨 동호회에서 형님들하고 미국 투어 가기로 했어."

"와우…. 멋진데? 그럼 오토바이 타고 미국을 달리는 거야? 고속도로를?"

"그래."

"니 팔자가 진짜 최고다. 미국 아가씨랑 데이트도 하겠구먼. 난 이번 설날에도 처가댁이다 본가에다가 이래저래 정신없이 보낼 거 같아. 재현이는?"

"나야 뭐 PC방 가서 못다 한 게임 하고 만화책이나 봐야지."

재현 씨는 술기가 오르자 자책하며 시를 한 수 읊었다.

없는 것은 능력이요, 있는 것은 체력이네
없는 것은 돈이요, 있는 것은 시간이네
없는 것은 희망이요, 있는 것은 절망이네
없는 것은 애인이요, 있는 것은 겜친구네
희망 연봉 사천이요, 현실 연봉 이천이네

진우 씨의 유일한 낙은 이렇게 가장 친한 친구들과 술잔을 기울이는 것이었다. 진우 씨가 결혼하기 전에는 일주일에 1번씩은 만났지만, 결혼 이후부터는 한 달에 한두 번으로 만나는 횟수가 줄었다.

진우 씨는 그날 평소 자신의 주량보다 많은 소주 2병에 생맥주 2잔까지 먹었다.

🌢

"수진아, 아빠 왔다. 수진이 좋아하는 배스킨라빈스

아몬드 봉봉이야."

"조용히 해! 어디서 이렇게 술을 많이 마시고…."

수진이가 좋아하는 아이스크림을 사 온 진우 씨에게
희정 씨가 쏘아붙였다.
　가뜩이나 오토바이 사건으로 사이가 좋지 않았던 희
정 씨는 겨우 잠든 수진이가 잠에서 깰까 진우 씨의 입
을 막았다.

"밥 남은 거 있어?"

"이 시간까지 밥도 안 먹고 뭐 했어? 씻고 잠이나 자."

진우 씨는 그날 밤 주량보다 많은 소주를 먹은 탓에
화장실에서 몇 번 토를 했다. 그런데도 아침 6시 30분
이 되자 잠에서 깨었다.

대학 시절, 진우 씨가 술을 먹고 들어올 때쯤이면 어

머니는 남편 해장국도 모자라서 이제 아들 해장국까지
해줘야 하냐며 툴툴대시면서도 콩나물 해장국과 꿀물
을 챙겨주었다. 하지만 그건 이제 옛일일 뿐이었다.

그렇게 쳇바퀴 돌 듯, 진우 씨는 마을버스를 타고, 전
철을 타고 직장으로 향했고, 그저 월급날을 기다리는
여느 직장인처럼 마음대로 때려치울 수 없는 가장으로
서의 무게를 느낄 뿐….
이제는 후배에게 진급이 밀린 소문까지 퍼져, 능력 없
는 만년 과장 이미지로 서서히 각인되고 있는 진우 씨였
다. 하지만 진우 씨로서는 그만둘 자유도 없는 게 사실이
었다.
집담보대출에 아이 교육비에 돈 쓸 곳은 많고, 자신을
위해서는 하루 용돈 만 원으로 살아가는 일급 만 원짜
리 인생이기 때문에 일마저도 그만두면 그때는 파산이
었다.*

---

* 실제로 주부들이 많이 가는 인터넷 커뮤니티에서 '남편 용돈'이라는 단어로 검색
을 해보면 전국노예 자랑이 펼쳐진다. 남편 용돈으로 교통비 포함 30만 원 주는데
적당하냐는 질문에는 수많은 댓글이 달린다. 30만 원도 많으니 25만 원, 20만 원
등 서로 용돈 조금 주는 것을 자랑하는 댓글을 조금만 검색해보면 쉽게 찾을 수가
있다.

"진우야 잘 지냈니?"

오랜만에 대학 동기 기태 씨에게 전화가 왔다.

"어. 기태구나. 오랜만이다."

"연락 좀 하고 살아라, 이 친구야!"

구청에서 공무원으로 재직 중인 기태 씨는 같은 직장에서 만난 동료와 결혼을 했고 아이를 낳아 키우고 있다.

진우 씨와 달리 기태 씨의 직장은 아빠, 엄마에게 충분한 육아휴직을 주었고 이 기간에 무급휴가, 유급휴가를 충분히 받았다.
또한 직장에는 어린이집이 있었기 때문에 굳이 휴가가 없더라도 출근하면서 아이를 맡기고 퇴근하면서 찾아오면 되기 때문에 아내가 일을 그만둘 이유도 없었다.

사회적인 문제로 아이를 낳지 않아 이제 아빠도 육아
휴직을 자유롭게 쓰자는 분위기였지만. 그건 어디까지
나 공무원 등 일부였다. 여전히 2018년…. 대한민국에서
아이를 낳은 아빠가 용감하게 육아휴직을 쓰겠다고 하
는 것은 사장이 삼촌이 아닌 이상은 불가능한 일이었
다.

"미안하다. 그래도 카톡은 하잖냐. 무슨 일 있어?"

"그러게 말이야. 나도 꼭 무슨 일이 있어야 연락하게 된
다. 너 명호 선배 기억나?"

"명호 선배? 그 부산에서 올라와서 경상도 사투리 썼
던 송명호 선배 말하는 거지?"

"응. 맞아. 송명호 선배님."

"명호 선배는 갑자기 왜?"

"어제 동창회에서 연락받았어. 명호 선배 죽었대."

"뭐? 그게 정말이야?"

진우 씨보다 2년 선배였던 명호 선배는 아직 40도 되지 않은 39세의 젊디젊은 나이였다.

"어쩌다가, 젊은 나이에 그렇게 되셨대?"

"나도 잘 모르겠어. 내일이 삼일장이니까 나랑 오늘 저녁에 갔다 오자. 그 선배가 너랑 나는 잘 챙겼잖아."

"그래."

진우 씨는 월차를 신청하고 기태 씨를 만나러 서울역으로 향했다.

사실 장례식장은 직계가족이 아닌 이상 그로 인하여 월차를 쓰는 것은 사내분위기상 쉽진 않았지만, 신입사

원 때부터 그를 아꼈던 김덕호 부장은 그가 부팀장으로
강등된 것이 자신의 탓인 것 같기도 해서 별말 없이 보
내주었다.

회사 실세인 최 전무 라인 김 부장은 최 전무의 지시
라면 합법이든, 불법이든 악역을 자처하면서 버텨냈기에
진우 씨의 부팀장 강등 지시에 대하여 그저 시키는 대
로 했을 뿐이었다. 물론 김 부장이 최 전무의 지시에 반
발을 했더라도 변하는 것은 없었을 것이다.

"오랜만이야, 기태야."

"그래. 참 우리 대학 때 나이트도 가고 미팅도 하고 그
랬는데 어째 요즘엔 이렇게 결혼식이나, 장례식장에서
만 만나게 된다. 쫌 섭섭한데?"

"미안하다. 나 요즘 사는 게 사는 게 아니다."

서울역에서 만난 두 사람은 기태 씨가 미리 예매해둔 KTX를 타고 부산으로 향했다.

부산행 열차… 젊은 시절 부산은 서울에만 살던 진우 씨에게 꿈의 도시였다.

그리고 부산행 열차는 회를 좋아하는 진우 씨에게는 표를 예매할 때부터 그렇게 설레게 하는 무언가가 있었는데 실제로 부산 아가씨와 고등학교 시절에 펜팔을 한 적도 있고, 대학 졸업 후에는 오빠야라며 사투리를 쓰던 부산 아가씨와 사귄 적도 있었다.

빈소는 간단하게 차려져 있었다.

"너희 기태하고 진우구나?"

"아, 준호 선배님. 오랜만이에요."

대학 선배 중 가장 성공한 김준호 선배가 명호 선배의
빈소를 지키고 있었다. 눈이 충혈된 걸 보니, 이미 전날
부터 밤을 새웠던 것 같았다.

컴퓨터 프로그래밍 능력이 뛰어났던 김준호 씨는 온
라인 게임에 들어가는 아이템의 해킹방지 기술을 개발
해서 성공한 벤처기업인으로 후배들을 잘 챙기기로 유
명했다. 진우 씨와 기태 씨도 취업하기 전에 준호 씨에
게 얻어먹은 술이 적지 않았다.
하지만 둘 다 취업이 되고 나서부터는 바쁘다는 핑계
로 연락도 제대로 하지 못하고 결국 이렇게 일이 생겨야
만나게 되었다.

"어. 전화가 왔네. 애들아. 잠깐만."

준호 선배는 자리를 피해 통화를 했다. 아마도 미국으
로 유학 보낸 아이에게 화상 전화가 온 것 같았다.

미국으로 아내와 자녀 둘을 유학 보낸 그는 월 800만

원이라는 적지 않은 돈을 아내와 두 아이의 생활비로 보냈다. 준호 씨는 아이들과 아내가 없는 빈자리를 열정적인 회사업무로 채우곤 했다.

그리고 방학과 명절 때면 한국에 오는 비행기 값도 만만치가 않아 한 달에 2천만 원 이상을 버는데도 기러기아빠 생활을 하기 시작한 다음부터는 생활이 빠듯했다.

또한 벤처기업 특성상 쉬는 날 없이 밤을 새우는 날이 많아 눈가에는 주름이 가득해서 39세 나이지만 언뜻 봤을 땐 40대 중반이 넘어 보였다.

"내가 힘들 때면 그래도 이 녀석들이 힘이 된다."

준호 선배가 웃으며 두 아이의 사진을 보여주었다.

순간 진우 씨는 자신의 처지를 떠올렸다. 결혼 생활의 유일한 즐거움 수진이…. 하지만 진우 씨는 아침마다 자고 있는 수진이와 저녁 시간 자고 있는 수진이의 모습이 가장 익숙한 모습이었다.

그러다 보니 주말에 잠깐 안아주려고 하면 수진이는

진우 씨를 아빠라기보다는 마치 남인 양 어색해했고, 그런 아이를 진우 씨는 사랑하면서도 어떻게 놀아줘야 할지 몰랐다.

"밥 아직 안 먹었지? 이모. 여기 육개장 두 그릇만 주세요."

"준호 형, 명호 선배는 어쩌다가."

세 사람의 입으로 소주 세 잔씩 넘어가자, 어느덧 호칭은 선배님에서 형으로 바뀌었다.

"그래, 진작 너희들 이랬으면 얼마나 좋니. 내 친동생도 나랑 두 살 차인데 너희들은 항상 선배님이라 그러더라."

준호 씨는 명호 선배의 이야기를 해주었다.

부산이 고향인 송명호 씨는 서울에서 대학을 나왔고, 대학 졸업 후에는 고향으로 돌아와서 취업했다. 그리고 결혼을 해서 아이를 낳고 집까지 사서 남들처럼 평범한 결혼생활을 했다.

그런 송명호 씨에게 불행이 닥치기 시작한 건, 다니던 회사에서 월급이 밀리기 시작하면서부터였다.

명호 씨 회사에 하청을 준 원청회사 경리여직원이 아프리카TV에서 만난 BJ에게 빠져서 별풍선을 선물하고, 나중에는 돈이 모자라서 협력업체에 지급해야 할 대금도 착복을 했던 것이다.

경리여직원은 구속되었지만 횡령한 금액이 무려 20억 원이 넘었고, 이미 돈을 다 써버린 뒤였다. 결제대금을 처리하지 못한 회사는 결국 부도 처리되었다. 그로 인해 명호 씨 회사는 대금을 받지 못해 직원들 월급이 밀렸고 회사 대표는 미안한 마음에 자신의 집을 팔아서 직원들 월급을 주었지만 거기까지였다.

결국 명호 씨 회사 대표는 회사를 살리기 위해 전 재산을 팔았지만, 부도를 막지 못한 채 자살로 삶을 마감했다.

그 몇 달간 월급을 못 받는 동안 모아놓았던 돈은 다 바닥이 났고, 아내와 자신이 쓰는 카드대금을 갚지 못해 카드 연체가 되었다.

그 카드값을 메우기 위해 처음에는 은행에서 대출을 받아서 카드대금을 막고, 카드론을 받아 다시 은행 빚을 막고, 이내 저축은행과 대부업까지 이용하게 되었다.

명호 씨는 돌려막기에 한계가 오자 아내에게 지금까지 있었던 일을 털어놓았다.

"당신 빚 갚으면서 애들하고 살기는 어려울 것 같아. 나중에 우리 애들도 당신처럼 살게 할 순 없어."

"나처럼 사는 게 어떤 건데?"

"이렇게 남한테 아쉬운 소리 하면서 살게 하고 싶진 않아. 최소한 우리 애들은 남한테 아쉬운 소리 안 하고 살게 해야지."

명호 씨는 할 말이 많았지만, 결과적으로 빚이 늘어난 건 자기 잘못이기 때문에 그저 아내가 요구하는 대로 들어줄 수밖에 없었다.

결혼 후엔 작은 집이었지만 아파트가 있었고, K5 중형차도 소유하고 있었다. 사실 명호 씨는 내심 집을 팔아 빚을 갚고 월세로 가고 차를 팔아 경차로 바꾼다면 어느 정도 빚 해결이 되는 만큼 아내에게 기대했다. 하지만 그런 기대는 여지없이 무너졌다.

"이혼하자. 집은 그대로 두고 당신만 나가."

"꼭 그렇게 해야겠니?"

"그럼 당장 내년부터 들어갈 학원비며, 생활비가 얼만데. 집 팔고 월세로 이사 가서 네 식구 단칸방에서 살자는 거야? 애들은 키워야 할 거 아니야. 난 그렇게 구질구질하겐 못 살아."

"그래… 그게 니가 원하는 거야?"

"당신 잘못이잖아. 산 사람은 살아야지. 당신이 아빠라면 이 사태는 책임져야지. 양육비 날짜는 꼭 지켜주었으면 좋겠어. 마지막 양심이 있다면."

결국 아내는 명호 씨보다 돈이 우선이었다. 명호 씨는 그렇게 아내의 요구에 따라 몸뚱어리 하나 들고 살던 집을 나와 고시원으로 들어갔다.

고시원은 2평이 채 되지 않았고, 내부는 침대와 책상이 전부였다. 방 안에 화장실이 있는 방은 10만 원이 더 비쌌다.

명호 씨는 가진 것 한 푼 없이 나왔기 때문에 10만 원이 더 비싼 화장실이 딸린 방은 사치였다. 결국 창문 하나 없이 좁아터진 고시원에 월 25만 원을 주고 들어갔다.

명호 씨의 부모님은 명호 씨의 형이 모시고 있었지만, 형의 형편도 그렇게 넉넉지 않았기 때문에 도움을 청할

형편은 아니었다. 그래도 나름 업계에서 성실함과 능력을 인정받은 명호 씨는 금방 재취업을 해서 월 300만 원의 월급을 받게 되었다.

가정법원의 조정판결문에 따라 이 중 아내에게 양육비로 아이 한 명당 60만 원씩 총 120만 원을 주었다.
그리고 급격히 늘어난 빚은 개인회생을 통해서 한 달에 100만 원씩 36개월간 법원을 통해 갚기로 해서 조금은 숨통이 트였다. 그나마, 6천이 넘는 빚을 개인회생을 통해 3,600만 원만 갚는 것이 불행 중 다행이라면 다행이었다.

한 달에 명호 씨가 월급을 받아 남는 돈은 80만 원가량이었다. 고시원비 25만 원을 내고, 회사까지 교통비 5만 원, 핸드폰 요금 5만 원을 내고 나면 고작 40만 원이 남았다. 이 돈으로 밥을 먹고 기본적인 생활을 하면 남는 돈은 10만 원 남짓이었다.

인터넷도 들어오지 않는 고시원 방 안에서 명호 씨는

매일같이 술을 마시며 아이들을 그리워했다. 같이 고시원에서 생활하는 사람들 대다수가 일용직에 종사하며 하루 벌어 하루 먹고 사는 사람들이었기에 다들 술만 마시면 서로 싸우기 일쑤였다. 이런 사람들 틈에서 희망이란 것은 보이지 않았다.

그렇게, 매일같이 명호 씨는 깍두기, 김치에 편의점에서 파는 스팸, 소주와 막걸리만 먹다 보니 자연스레 몸은 망가져 갔다. 몸에 이상이 생겨도 감기 같은 대수롭지 않은 거라 생각하고 병원에 갈 엄두도 내지 못했다.

그러던 어느 날, 망가진 휴대폰을 바꾸고 친구에게 빌린 돈을 갚느라 양육비를 두 달 치 주지 못하자, 명호 씨의 전 부인은 명호 씨의 회사에 양육비 압류신청을 해서 밀린 양육비를 모두 받아갔다.
님이라는 글자에, 점 하나를 찍으면 남이 된다고 했던가. 차라리 남이었어도 이렇게 잔인하진 못했을 것이다.

명호 씨는 그 사건 이후 더욱 더 퇴근 후에 술로 나날을 보냈고 아이들을 보고 싶은 마음과 가족에 대한 그리움은 외로움이 되었다.

소심한 성격의 명호 씨가 술 한잔 사달라고 하면 고급 주점은 못 가도 호프집에서 치킨 한 마리 사줄 친구는 많았지만, 남에게 폐를 끼치기 싫어하는 성격이었기에 누구에게 연락하지 않고 혼자 지냈다. 퇴근 후에 고시원에만 처박혀 살며 점점 은둔형 외톨이가 되어갔다.

몇 번이고 명호 씨는 준호 씨의 전화번호를 누르다가 막상 통화 버튼은 누르지 못한 채 종료 버튼 누르기 여러 번이었다. 준호 씨뿐만 아니라 중고등학교 때 친구들 역시 마찬가지였다.

그가 느끼는 외로움은 처음에는 자신의 무능력함에 대한 자책과 자신을 버린 부인에 대한 분노, 그리고 아빠보다 엄마를 더 따르는 아이들에 대한 원망으로 시작되었다.

생각해보면 명호 씨는 결코 무능력하지 않았다. 자신을 너무 희생했던 것이 그의 문제라면 문제였다.

결국, 매일같이 마시는 술로 간은 다 망가졌고, 아이들에 대한 그리움과 아내에 대한 원망, 극심한 스트레스는 점점 그의 숨통을 조여왔다.

스스로도 잘 모를 만큼 몸이 망가질 무렵, 어느 날 아침이었다. 여느 때와 다름없이 출근 전 화장실에서 용변을 보며 양치를 하던 명호 씨는 피를 토하며 그 한 많은 인생을 마감했다.

그렇게 한 경리여직원의 횡령으로 수많은 가장들이 삶을 마감하거나 힘든 삶을 살게 됐음에도 불구하고, 그 여직원은 겨우 징역 5년형을 받았다.

'아… 무심한 선배님.'

진우 씨는 준호 씨의 이야기를 들으며 이렇게 대학 후

배가 대한민국 최고 저축은행의 과장으로 근무하고 있
었는데, 전화 한 통만 주었다면 이렇게 극단적인 선택을
막을 수 있었다는 생각에 굉장히 안타까워했다.

　하지만 그보다도 자신이 먼저 안부전화라도 했으면 이
렇게 죽음까지는 가지 않았을 거란 안타까움이 컸다.

　"내가 죄인인기라. 친구가 이렇게 어렵게 사는지도 모
르고…. 남들이 보면 얼마나 욕할꼬…. 애들 마누라 다
미국까지 유학 보내고, 이렇게 친구 술 한 잔 사주지 못
하고 보낸 놈이라고…."

　준호 선배가 울면서 자책했다.

　"며칠 전이었나…. 직원들하고 회의 중에 명호한테 전
화가 왔는데 받지를 못 했어. 그때 내가 전화 한 통 받
았으면 이 녀석이 살았을까."

　셋은 아무 말 없이 술잔을 비웠고, 준호 선배의 눈물
은 점점 늘어갔다.

명호 선배의 부인과 아이들은 전 남편의 빈소에 첫날
만 왔다가 갔다고 한다.

남자는 태어나서 울고, 부모님이 돌아가셨을 때만 운
다고 했던가. 하지만 지금 진우 씨는 하염없이 눈물을
흘리고 있다. 이 시대는 남자에게 아빠로서, 가장으로서
희생만 강요하는 게 아니었을까?

문득 진우 씨는 남자의 인생이란 무엇인지…. 자신의
어린 시절을 떠올리며 잠시 회상에 빠졌다.

그의 유년기

김진우 씨는 1982년 6월 11일 서울에서 태어났다.

진우 씨의 가족은 누나 김진희 씨, 아버지 김동현 씨, 어머니 박경희 씨, 할머니 강순녀 씨까지 다섯 가족이었다.

누나 진희 씨는 여자치고는 체격이 컸고, 힘도 셌다. 진우 씨는 어려서부터 누나의 심부름을 해야 했다. 가게에 가서 과자를 사오거나, 문방구에 가서 학용품을 사오는 심부름을 진우 씨가 거부하는 날에는 누나 진희 씨는 진우 씨를 때렸다.

진우 씨는 몇 번 엄마한테 일렀지만, 그럴 때마다 엄마는 사내대장부는 씩씩하게 자라야 하고 누나도 여자이니 보호를 해야 한다며 진우 씨를 달랬다. 어린 나이부터 진우 씨는 남자는 씩씩하고, 울지 말아야 한다고 배웠다.

아버지 김동현 씨는 새벽에 항상 일을 나갔고, 주 5일 근무가 정착되기 한참 전이었던지라 토요일까지도 일을 했다. 그런데도 김동현 씨는 토요일 오후나 일요일에는 늘 진우 씨와 진희 씨를 데리고 놀이공원이든 동물원이든 데리고 다니셨다.

어머니 박경희 씨는 그 시대 여성들처럼 많은 것을 희생했다. 국민학교만 졸업하자마자 바로 봉제공장에 들어가서 일을 했다. 그래서 어머니 경희 씨는 항상 배움에 대한 한이 많았다.

그녀는 그 또래 여자들이 그랬듯이 이틀 밤을 꼬박 새워 밤새 일하는 것을 당연하게 생각했다. 자신의 희생으로 오빠 남동생의 뒷바라지를 하는 것이 5~60년대 베이비붐 세대에 태어난 여자들의 운명이었다.*

그렇게 어린 시절 고생하며 봉제공장에서 10대를 보낸 어머니 경희 씨는 18살 때부터는 식모로 들어갔다. 그나마 부잣집 식모살이는 공장보다는 나았다.
그렇게 한창 교육을 받을 나이에 봉제공장과 식모살이로 소녀 시절을 보낸 경희 씨는 21살의 꽃다운 나이에 동현 씨를 만나 결혼을 했다.

2남 3녀 중 막내였던 동현 씨는 큰 형과 어머니의 갈등으로 막내인 자신이 어머니를 모시게 되었고, 아내 경희 씨는 집안 살림은 물론이고 변덕 심한 시어머니까지 모셨다.

---

* 실제로 1960년에 이르러서야 장자상속제도가 폐지되었다. 1959년까지는 부모님이 돌아가시면 부모님의 재산은 장자만 상속받을 수 있었고 출가외인이라 하여 여자들은 부모님 재산조차 받을 수 없는 극심한 차별 속에 살아왔다.

그렇게 그 시절 여자들은 많은 것, 전부를 희생해도 아무도 알아주지 않았다.

항상 가장 늦게 잠을 잤고, 가장 일찍 일어나서 식구들 밥을 챙겨주어야 했다. 그것이 5~60년대 태어났던 여자들의 운명이었고, 그 전에 태어났던 여인들의 운명은 더욱더 고달팠으리라.

하나 70년대 들어 서서히 여자들의 희생은 줄어들었고, 80년대생부터는 여성이 차별을 받는 게 아니라, 알파걸로 대변되는 똑똑한 여성들이 나오면서 여자들이 살기 좋아지고, 남자들 사는 게 더 피곤한 세상이 도래하고 말았다.

'남자는 강한 존재이니 어떤 힘든 일이 있어도 울지 말아야 한다.' '여자는 항상 약한 존재이니 보호해야 한다.'

그건 진우 씨가 국민학교에 입학 전에 어머니에게 그리고 학교 입학 후에는 선생님들로부터 귀에 못이 박히도록 들은 말이었다.

남학생들은 숙제를 해오지 않으면 선생님께 엉덩이를 맞거나, 엎드려뻗쳐를 당했고 추운 날 교실 밖으로 쫓겨 나기도 했다. 하지만 여학생들은 같은 잘못을 저질러도 무릎 꿇고 손들고 서 있거나 손바닥을 맞았다.

진우 씨는 그걸 당연하다고 생각했다. 남자는 강하고 여자는 약한 존재니까.

어느 날 체육 시간이었다.

〈피구왕 통키〉의 미친 인기로 〈피구왕 통키〉 하는 시간에는 놀이터에 아이들이 없던 시절이었다.
남자아이들 손에 불꽃 마크가 그려진 노란색 탱탱볼을 모두가 가지고 놀던 시절, 농구, 축구와 다르게 피구 경기는 남녀가 같이할 수 있는 유일한 경기였다.

진우 씨는 공을 잡아 마치 민대풍이 회전 회오리슛을

던지는 것처럼 여자아이에게 던졌고 진우 씨의 짝꿍인 미희는 진우 씨의 공을 맞고 그대로 쓰러져서 울었다.

체육시간이 끝난뒤 진우 씨는 선생님에게 불려갔다.

"진우야, 남자는 힘이 세기 때문에 항상 힘이 약한 여자를 보호해야 해."

"네."

크게 혼나진 않았지만, 그 시간 이후 진우 씨는 여학생들과 같이 공놀이를 하면 몸이 아프다는 핑계로 빠지게 되었다.

한창 공놀이를 좋아하던 국민학교 시절 진우 씨의 또 다른 소원은 형 같은 젊은 남자 선생님을 만나는 것이었다. 간혹 방과 후 중, 고등학생 형들과 농구, 축구 경기를 하면 그렇게 재미있을 수가 없었다.

일요일 아침 근처 대학교에 농구공을 가지고 가서 대학생 형들과 함께 농구를 했다. 그러면 형들은 아직 공놀이에 서툰 진우에게 농구를 알려 주고 땀을 흘리고 난 후 가게에서 음료수를 사주곤 했다.

남자들은 생판 모르는 사람이라도 그렇게 같이 땀을 흘리고 공놀이를 하면 어느새 친구가 되었다.

그런데 불행히도 진우 씨는 학교 생활 내내 여자 선생님이 담임을 맡았다.

전체 12개의 반 중에 3명 정도만 남자 선생님이었고, 그나마 그 남자 선생님들도 정년에 가까운 나이라, 젊은 남자 선생님은 정말 찾기 힘들었다. 진우는 남자 선생님이 담임을 맡은 다른 반 친구들이 체육 시간에 같이 공도 차고, 농구도 하고 뛰어노는 모습이 그렇게 부러울 수가 없었다.

하지만 어린 진우가 몰랐던 사실이 있었다. 그나마 진우가 어린 시절에는 젊은 남선생님이 있었지만, 점점 남자 선생님은 멸종되어가고 있다는 사실을….

그리고 사회 모든 분야에서 여자가 부족한 분야는 남녀차별이라는 명목하에 여성인원을 강제로 충원했지만, 반대로 남자가 부족한 분야는 여자들도 일하기를 꺼리는 정신병원 간호사 정도만이 불만 없이 남자를 받아들였다.

방과 후 청소시간에 진우와 남자친구들은 책상, 걸상을 뒤로 밀었고, 그러는 동안 여자아이들은 빗자루질을 했다.
여자들의 빗자루질이 끝나면 다시 남학생들은 대걸레를 빨아 바닥청소를 했고, 바닥청소가 끝나면 다시 책걸상을 원위치시켰다.
남자들은 힘이 세고, 여자들은 힘이 약했기 때문에 진우 씨는 청소 시간 남자들이 하는 역할에 불만을 가져본 적은 없었다.

국민학교 시절, 진우 씨의 번호는 늘 7번, 8번이었다.
같은 반에 강 씨, 권 씨 성을 가진 친구가 있으면 이름 순서에 따라 앞번호를 받고 진우 씨는 김 씨였기 때문에 그들의 다음 번호를 받았다. 진우 씨의 주민번호 뒷자리는 1로 시작한다.

여자들은 주민번호 뒷자리가 2로 시작하고. 남녀합반의 경우 보통 남학생들이 1번부터이며 남학생들 번호가 끝난 다음 번호를 받아 여학생들은 남학생 마지막 번호가 26번이면 27번이 첫 번호였다.

사실 남학생의 반 번호가 앞번호이고, 여학생 번호가 뒷번호, 그리고 남자의 주민번호가 1로 시작하고 여자가 2로 시작하는 건 어떤 특권이나 좋은 점이 전혀 없었다. 허나 이게 남녀차별이라고 주장하는 사람이 있다.

그 정도 프로 불편러라면 사실 사회생활이 지장이 있다고 보는 게 옳다. 차라리 키 순서대로 번호를 매기는 것이 키 작은 학생들에게 아주 작은 상처라면 상처랄까?

하지만 그마저도 대부분 사람은 번호가 빠르다, 느리다를 기준으로 차별이란 말 자체를 생각하지 않는다. 가뜩이나 피곤한 세상사, 이런 것까지 생각하면 정말 살기 힘들다.

1997년에 진우 씨가 봤던 '빨간마후라'는 충격 그 자체였다. 물론 그전에도 포르노를 보지 않은 건 아니었지만 출연하는 이들이 외국의 2~30대 배우였다. 하지만 '빨간마후라'는 비록 화질, 음질은 좋지 않았지만 자기 또래의 여학생이 역시 같은 또래 남학생과 출연하는 모습을 보며 신선한 충격을 받았다.

이 시절쯤 진우 씨는 컴퓨터라는 것을 접했다.

아버지 동현 씨는 당시 300만 원이라는 적지 않은 돈을 들여서 진우 씨에게 컴퓨터를 사주었다.

팬티엄2 266에 메모리는 32메가, 하드는 3.2기가짜리 당시 최신형 컴퓨터였다. 이때 경차 한 대값이 300만 원이었으니 월급이 그렇게 많지 않았던 동현 씨로서는 아들에게 큰 선물을 사주었던 것이다.

컴퓨터를 사고 나서 진우 씨는 유니텔이라는 PC 통신에 빠졌다. 채팅이란 걸 통해서 남중, 남고를 나와 주변에 이성 친구가 없던 진우 씨는 이성과 많은 대화를 나누었다.

학창시절 힘들게 공부를 하고 돌아오면 잠잘 시간도

모자랐지만, 집에 돌아오면 늘 하는 것이 유니텔 채팅이었다. 그곳에서 진우 씨는 자신과 동갑인 여자아이와 친해졌다.

"진우야, 이제 들어왔어?"

"응. 유진아, 나 기다렸구나. 오늘은 뭐 했어?"

"학원 갔다가 나도 방금 왔어."

친구들과 늘상 하는 대화였지만, 진우 씨는 너무나도 재미있었다. 또한 그녀의 이름 유진은 그가 좋아했던 여자 아이돌 그룹 SES의 유진과 똑같아서 어느 순간부터 진우 씨는 그 TV 속의 유진을 꿈꾸며 그녀를 좋아하게 되었다.

마침 이 시기에 나왔던 한석규, 전도연 주연의 영화 〈접속〉을 보고 전도연 같은 아름다운 여성과 채팅만 하다가 현실에서 만난다는 꿈에 부푼 수많은 청춘들이 있었다.

진우는 하루하루 힘든 가운에서도, 집에 들어오면 바로 유니텔에 접속했고 그때마다 유진 양은 진우 씨에게 먼저 인사를 했다.

유진 양은 마치 다정한 연인처럼 진우 씨에게 이것저것 물어봤고 진우 씨는 이성과 대화가 처음이라 어색해하면서도 점점 그녀에게 빠져들었다.

하지만, 진우 씨는 자신의 역할이 공부임을 알고 있었고 그렇게 PC 통신에 빠졌음에도 불구하고 상위권 성적을 유지한 채 서울의 한 상위권 대학교에 진학했다.

그의 청년기

대학에서 진우 씨는 친구 기태 씨와 친해졌고 여자 동기, 선배들과도 어렵지 않게 친해졌다. 남중, 남고를 나와 이성과 대화할 기회가 거의 없었지만 그건 여자들도 마찬가지였다.

그곳에서 진우 씨는 같은 과 동기였던 민지 씨와 사귀었고 첫 경험도 하게 되었다.

대학교 2학년 때, 월드컵이 한국에서 열렸고, 그 이전까지 월드컵에서 단 1승도 거두지 못한 한국팀이 월드컵

이 열리기 전 경기에서 연일 5-0으로 패하면서 월드컵
을 위해 데리고 온 히딩크 감독을 잘라야 한다는 여론
이 강했다.

히딩크 감독을 해임하고 83년 청소년대표팀을 이끌었
던 박종환 감독이 후임으로 해야 한다는 여론에도 히딩
크 감독은 결국 대표팀을 이끌었고 드디어 폴란드전에
서 첫 승을 기록하고 16강 진출을 이루었다.

16강에서 강팀 이탈리아, 8강에선 스페인을 연파하고,
사상 첫 월드컵 4강 진출을 했다. 이로써 대한민국은
근대 스포츠 역사에서 독일과 더불어 월드컵, 올림픽
모두 4강에 드는 대기록을 세웠다.

🌢

진우 씨는 한국팀의 승리를 민지 씨와 함께하며 사랑
을 키워갔다. 그리고 대한민국 신체 건강한 남자라면 누
구나 가야 하는 나라의 부름을 진우 씨도 받게 되었다.

진우 씨는 살면서 처음으로 사랑이란 걸 해봤고 그건 민지 씨도 처음이었기에 두 사람은 누구보다 뜨겁게 사랑했다. 그렇기 때문에 이별이 더 두려웠는지 모른다.

"마시고 죽자."

"잘 다녀와라."

친구들은 진우 씨의 입대를 축하해주었고, 입대 마지막날 진우 씨는 민지 씨와 마지막 밤을 보냈다.

"기다려줄 거야?"

진우 씨가 조심스레 물었고. 민지 씨는 그런 진우 씨 입에 자신의 입을 맞추며 대답을 대신했다.

집 떠나와 열차 타고 훈련소로 가는 날
부모님께 큰절하고 대문 밖을 나설 때
가슴 속에 무엇인가 아쉬움이 남지만

풀 한 포기 친구 얼굴 모든 것이 새롭다
이제 다시 시작이다 젊은 날의 생이여

　민지 씨가 마지막으로 진우 씨를 위해 이등병의 편지를 불렀을 땐 둘이 뭐라 할 것도 없이 눈에서 눈물이 흘러 더 이상 노래를 부르지 못하고 그저 노래방 안에서 껴안기만 했다.

　다음날 진우 씨는 부모님께 인사를 하고 민지 씨와 함께 입대장소로 향했다.

　두 사람은 의정부역부터 아무 말 없다가 신병 입소식을 앞두고 헤어져야 할 때가 되자 왈칵 끌어안았다.

　"기다릴게. 편지도 자주 할게."

　"응, 기다려, 민지야. 꼭 멋진 남자가 돼서 돌아올게."

　진우 씨는 울먹이는 민지 양을 뒤로한 채 드디어 입대

를 했다.

첫날밤. 서먹서먹했던 보충대 생활은 잠도 잘 오지 않았고 그날 밤은 이런저런 생각들을 많이 했다. 늘 아침마다 해왔던 인터넷도 되지 않고, 핸드폰도 반납해서 없었다. 그리고 아침 6시 30분이 되자 기상을 했다.

긴 줄을 기다려서 밥을 먹는 것은 곤욕이었다. 그나마 집에서 아침 먹을 때는 엄마가 다 차려 주었지만, 지금부터는 내가 직접 배식을 받고 밥 먹은 뒤에는 식기도 직접 닦아야 했다. 게다가 기름이 떨어졌는지, 돈가스는 찜이나 다름없이 맛이 없었다.

그곳에서 며칠 동안 대기를 한 뒤 일산에 있는 기계화 보병사단에서 6주간 훈련을 받았다.
처음에는 대변도 보지 못할 만큼 긴장했지만, 어느 정도 적응을 하니 줄 서서 먹는 밥도 적응되었고, 대변도 잘 보았다. 하지만 새벽에 추운 공기를 마시며, 웃통을 벗고 뛰는 구보는 땀이 나기 전까지 진우 씨에게 크나큰 고통이었다.

그렇게 2주 정도 지나자 같은 내무반을 쓰는 동기들과도 친해졌다. 몸도 마음도 초췌해졌을 무렵, 저녁에 조교가 선물을 들고 왔다.

"김진우."

"99번 훈련병 김진우."

"편지다."

그렇게 편지를 받은 훈련병들은 그깟 종이쪼가리가 뭣이라도 되는 양 소중하게 들어서 뜯어보았다.

진우 씨는 두 통의 편지를 받았다.

어머니가 정성스럽게 쓴, 잘 지내고 사랑한다는 편지였다. 진우 씨는 속독으로 금방 다 읽고 여자친구 민지 씨의 편지를 뜯었다.

그녀의 향기가 편지에 배겨있는 듯, 엄마가 보낸 편지와 다르게 아주 천천히 천천히 읽고 또 읽었다. 자기는 잘 지내니 훈련 잘 받고 사랑한다는 간단한 내용이었지만 진우 씨는 읽고 또 읽었다.

원래 종교가 없었던 진우 씨는 초코파이를 받기 위해 불교 신자가 되어 법명을 받고 천주교에 가서 세례도 받았다.
그렇게 훈련소 생활이 반을 넘어갈 때쯤, 가장 힘든 훈련 중 하나라는 유격훈련을 받았고 모든 훈련병은 훈련에 지쳐 쓰러졌다.

"힘듭니까?"

조교의 물음에 모두가 있는 힘껏 악을 쓰며 대답했다.

"아닙니다!"

"지금부터 노래를 부르겠습니다. 노래는 어머님 은혜."
훈련병들은 마지막으로 힘을 내서 노래를 불렀다.

나실 제 괴로움 다 잊으시고
기르실 제 밤낮으로 애쓰는 마음
진자리 마른자리 갈아 뉘시며
손발이 다 닳도록 고생하시네
하늘 아래 그 무엇이 넓다 하리오
어머님의 희생은 가이 없어라

노래를 부르며 눈물을 흘리지 않는 이가 없었다.

아아, 고마워라 스승의 사랑

누군가가 갑자기 어머님 은혜를 부르다가 후렴으로
스승의 은혜 후렴구를 부르자 따라 불렀고, 이내 노래
를 잘못 불렀음을 알게 된 훈련병들은 어머니를 생각하

며 울다가, 금세 웃었다.

　이후 행군훈련과 화생방을 마친 진우 씨는 파주의 포
병여단에 배속을 받아 태어나서 처음으로 경기도 파주
라는 곳으로 향했다.
　그리고 2주간의 신병 대기 기간을 거치자마자 운 없
는 11월 군번답게 자대 배치 후 바로 혹한기 훈련을 받
았다.

　군화가 얼어버릴 듯한 추위는 민지를 생각하며 그렇게
버텨냈다. 하지만 추위보다도 더한 것은, 졸음이었다.
　텐트 안에서는 한 시간마다 근무자를 깨웠는데, 텐트
에서 이름을 불렀기 때문에 잠귀가 밝은 진우 씨는 밤
새 밤을 설쳐댔고, 아침이 되고 밥차가 오자 이등병이었
던 진우 씨는 간부들 밥에 고참들 밥까지 챙겨야 했다.

　그렇게 아무것도 모른 채 그저 시키는 대로 했던 진우
씨의 혹한기 훈련이 끝나고 본격적인 이등병 생활이 시
작되었다.

진우 씨의 이등병 생활이 가장 힘들었던 이유 중 하나는 다나까 말투였다. 그동안 21년을 살면서 상대방 말을 잘못 알아들었을 때는,

"네?"

이렇게 물어봤던 것이 군대에서는 가장 갈굼을 당하는 단어였고, 고참 말을 못 알아들었을 때는,

"잘못 들었습니다."

라는 말을 해야 했지만, 자대 배치 한 달이 넘도록 잘못 들었습니다보다는 "네?" 하고 묻는 것이 먼저 나왔다. "네?"라고 되묻는 날에는 고참들에게 혼나는 것을 각오해야 했다.

야간 근무도 그에게는 가장 힘든 것 중 하나였다. 동계 기간에는 10시~6시 30분까지가 취침시간이고, 하계 기간에는 10시~6시까지가 취침시간이다.

이 시간에 온전하게 다 잠을 자면 괜찮은데 12시에 일어나서 1시까지 근무를 서고 돌아오는 날에는 준비시간까지 11시 40분에는 불침번이 깨웠기 때문에, 6시간밖에 못 잤고, 실제 취침시간은 6시간이 채 되지 못했다.

6시간 연속으로 자는 것도 아니고 2시간 자고 근무하고 이래저래 2시간 깨어났다가 그다음에 4시간을 잤기 때문에 젊은 진우 씨에게도 매일같이 있는 근무는 늘 피곤함의 연속이었다.

더욱이 가끔가다 부대에 휴가자가 많아 사람이 없을 때는, 2시간씩 근무를 서기도 했고 최악의 근무 스케줄이 걸리는 날에는 정말 종일 잠만 잤으면 좋겠다는 생각을 할 만큼 잠을 자지 못하는 것은 견디기 힘든 일이었다.

주간 마지막 근무 타임인 9시부터 10시까지 근무를 서고 내무반으로 돌아와서 옷 갈아입으면 10시 15분쯤 되었고, 다시 야간 2번째 근무가 시작되는 11시~12시까지 그리고 다시 주간 초번인 6시부터 근무 들어가는 날에는 4시간도 채 자지 못해 아침이면 눈이 절로 감겼다.

 더욱이 아침을 먹고 행보관이 오기 전까지 1시간가량
의 시간은 병장들은 누워서 못 잔 잠을 보충하고 나머
지 계급들은 티비를 봤지만, 이등병은 슬리퍼 정리를 하
고 정자세로 앉아 있어야 했는데 잠도 자지 못한 상태에
서 정자세로 앉아 있는 것은 죽을 맛이었다.

 그럼에도 진우 씨는 여자친구 민지 생각으로 하루하
루 힘든 나날을 버텨내고 있었다.
 저녁 시간 잠시 허용되는 전화통화시간에 1541 컬렉
트콜로 전화를 했을 때 민지 씨가 받으면 그날 하루 피
로는 다 풀리는 것 같았다.

 그렇게 정신없이 이등병 적응을 하고 진우 씨는 무전
병 보직을 받았다. 무전병은 그래도 몸을 쓰는 작업병이
나 종일 간부 뒤치다꺼리를 해야 하는 계원, 그리고 행
보관의 비위를 종일 맞춰야 하는 행정병에 비해서는 그
나마 수월한 보직이었다.

그렇게 100일 휴가 날이 되었다. 포대장과 고참들에게 휴가신고를 할 때 한 고참이 이야기해주었다.

"100일 휴가는 4박 5일이지만, 아마 45초보다 짧을 것이다."

진우 씨는 휴가 출발 때는 너무 들떠서 무슨 말인지 몰랐던 그 말의 뜻을 복귀 때 비로소 알았다.

집에 오자마자 부모님께 인사를 드리고 바로 민지 씨를 찾아갔다.

"민지야~."

"응. 진우야~."

"잘 있었어? 보고 싶었어!"

"나도, 나도."

오랜만에 만난 두 사람은 뜨겁게 포옹했다.

하루는 중고등학교 때 친구, 또 하루는 대학 친구를 만나다 보니 정말 4박 5일이 금방 지나갔고, 오지 않기를 바랐던 복귀 날 아침, 점심을 같이 먹기로 한 민지에게 연락이 왔다.

"나 지금 취업 스터디가 갑자기 잡혔네. 미안한데 점심은 다음 휴가 때 먹자."

사귀면서 약속을 어긴 적 없던 민지 씨였지만, 이제 3학년이라 슬슬 취업준비를 해야 하는 것을 진우 씨가 모르는 바 아니었기에 하루라도 더 가까이 있고 싶던 민지 씨를 보지 못하고 복귀해야 했다.

정말 45초 같은 4박 5일이었다. 이후 변한 것은, 전화를 할 때마다 민지 씨가 전화를 받지 않는 날이 많아졌다는 것이다.

좋지 않은 예감은 거의 맞는다고 했던가?

결국 진우 씨의 좋지 않은 예감은 안타깝게도 정확히 맞아떨어졌다. 일병으로 진급하던 날, 진우 씨는 한 통의 편지를 받았다. 바로 민지 씨였다.

진우야. 나야 민지. 3학년이 되고 취업준비를 하면서 나 너무 힘들어.

지금 나에게 닥친 현실이 너무 힘들어서 내 안에 네가 있어야 할 자리를 마련해주지 못하겠다.

우리 사귀기 전에도 좋은 친구였잖아. 대학 들어와서 스파게티도 같이 먹고 술도 처음 먹었어. 넌 정말 좋은 아이야.

남들이 보기에 우리 잘 어울리는 연인이었는데 다른 연인들처럼 헤어지고 너랑 인연이 끊기는 건 원치 않아.

우리 다음에 다시 만났을 때는 웃으면서 인사할 수 있는 사이가 되자.

남자, 여자가 친구가 되지 말라는 법 없잖아. 정말 미안해. 그리고 사랑했어.

이별 편지였다. 진우 씨는 화장실에 가서 울었다.

◊

1시부터 야간경계근무였지만, 10시부터 1시까지 진우 씨는 한숨도 못 자고 근무를 나갔다.

다행히 같이 근무를 들어간 사람은 진우 씨가 좋아하는 유성민 상병이었다. 유성민 상병은 23살의 비교적 늦은 나이에 입대를 해서 상병 8호봉 때는 25살의 나이로 21살에 입대해서 22살인 진우 씨와는 3살 차이였다.

같은 분대가 아닌 옆 분대였지만, 진우 씨가 전입해 온 날부터 많은 도움을 주었고 여자친구가 있는 것도 알았다.

1년 반 넘게 군 생활을 했던 유 상병은 진우 씨가 며칠 전부터 공중전화를 부쩍 자주 찾고 초조해할 때부터 짐작을 했다.

"진우야."

"일병 김진우."

"여자친구랑 헤어졌니?"

"네."

"내가 앞에 설 테니, 탄약고 안에 들어가서 울어라."

진우 씨는 유 상병의 배려에 탄약고 안에 들어가서 울수 있었다.

"이제 좀 괜찮니? 괜찮을 리가 있나. 다 잊어라. 이 탄약고 안에서 고무신 거꾸로 신은 여자친구 생각하면서 울고 간 남자들이 한둘이겠니. 너 이전에는 내가 있었고, 나 이전에는 내 고참이, 그리고 그 이전에는 그 윗고참이 있었겠지. 시간 가면 다 잊어버리더라."

"괜찮습니다. 유 상병님."

"내가 내일 하루는 너한테 휴가를 주마."

"네? 아, 죄송합니다. 잘 못 들었습니다."

"못 듣긴 임마, 나랑 있을 때는 너무 그렇게 예의 안 차려도 돼. 내일 아침에 잠깐 의무실로 들러."

"네."

다음 날 아침 조회가 끝나고 진우 씨는 온몸에 힘이 다 빠져서 정말 아무것도 할 수가 없었다. 유 상병의 지시대로 아침 조회 후 의무실로 가자 유 상병이 그를 맞았다.

"오늘 하루는 푹 쉬어라. 이 약 먹고 침대에 누워."

마침 엄청나게 피곤했던 진우 씨는 그런 유 상병의 배려가 고마웠다. 유 상병은 한술 더 떠 직접 진우 씨가 속해있는 5분대장에게 전화를 해주었다.

"김동수 병장님? 필승! 의무실 상병 유성민입니다."

"어, 성민이 형. 웬일이야."

입대 일자가 2개월 차이밖에 나지 않는 두 사람이었고 부대에서는 최고참급인 김동수 병장은 자신보다 나이가 많은 유성민 상병에게 어느 순간부터 농담 삼아 형이라고 불렀다.

"김진우 일병, 지금 의무실에 왔는데, 몸이 좀 안 좋아서, 약 먹이고 좀 쉬게 했습니다."

"고맙다. 안 그래도 어제부터 얼굴 빛이 좀 안 좋아 보이더니."

"김 병장님 분대원은 제가 챙겨야지요."

"역시 성민이 형밖에 없다니까. 휴가 한번 맞춰나가야지?"

"다음 달 초에 한번 나갈까요? 같이 나가면 여자라도 소개해주십니까?"

"좋다, 콜. 행정반 이 병장한테 이야기해서 이번에 같이 나가자."

"네. 그럼 수고하십시오. 필승!"

"진우야, 내가 김 병장님한테 말해놨으니 걱정 말고 푹 쉬어라."

그렇게 유 상병의 배려 속에 민지 씨 때문에 힘들었던 진우 씨는 그나마 침대에 누워 푹 쉴 수 있었다.

물론 자신이 빠지면 다른 부대원들이 진우 씨의 근무까지 대신해야 했지만, 그동안 성실하게 생활했던 진우 씨였기에 나무라는 이는 없었다.

그렇게 민지 씨를 잊을 때쯤 진우 씨는 후임병을 맞았

고, 후임병의 이등병 모자 오버로크부터 관물대 정리까지 챙겨주고 이제는 분대의 주축이 되어 시키는 것만 하는 위치가 아닌 시키는 것은 당연히 해야 하고, 시켜야 할 위치까지 갔다.

그렇게 고생을 해서 받은 한 달 월급은 만 원 남짓, 보너스까지 받아봤자 연봉 20만 원이 되지 않았다. 이런 연봉 20만 원짜리 사병은 오로지 대한민국에서 남자만 간다.
반면 취업난이 벌어질수록 공무원인 장교와 부사관은 여자들이 서로 가려고 해서 경쟁률이 엄청나게 높았다.

모순….

'모순'이란 말은 중국에서 한 장사꾼이 그 어떤 창으로도 뚫을 수 없는 방패와 그 어떤 방패도 뚫을 수 있는 창을 동시에 판 데서 유래한 말이다.
지나가던 이가 당신이 팔고 있는 창으로 당신이 팔고 있는 방패를 찌르면 어떻게 되냐는 질문에 아무 대답도

하지 못한 장사꾼을 빗대어 하는 말이다.

군대에 대한 여자들의 인식이 딱 이 모순이었다. 여자라서 약하기 때문에 연봉 20만 원짜리 사병은 갈 수 없다던 그녀들은 부사관, 장교는 서로 못 가서 안달이었다. 처음에는 간호병과에 국한되었던 여군은 나중에는 전투병과까지 지휘하게 되었다.

일병을 거쳐서 상병이 될 때쯤에 진우 씨는 일병 정기 휴가를 나왔다. 이등병 시절 휴가는 정말 짧은 4박 5일이었지만, 그래도 9박 10일의 정기휴가는 처음 휴가보다 여유가 있었다.
사우나부터 여유 있게 즐긴 진우 씨는 친구들에게 전화를 해보았지만, 이젠 대부분 군대에 가서 남아있는 친구는 공익이거나 면제인 친구들뿐이었다. 문득 진우 씨는 명호 선배가 생각나서 전화했다.

"넌 임마 휴가를 나왔으면 애인하고 찐한 시간을 보내야지. 무슨 형한테 전화하냐."

명호 선배는 진우 씨를 타박하면서도 반가워했다.

둘의 술자리가 무르익을 때쯤 명호 선배가 조심스레 말했다.

"진우야."

"네. 선배님."

"이걸 내가 말해줘야 할지 말아야 할지 고민인데… 민지 있잖니."

"네."

"3학년 되고 취업 스터디 하면서 알게 된 선배랑 사귀더라. 너희 둘이 사귀는 건 캠퍼스에 모르는 사람이 없는데, 골키퍼 부재중에 골 넣었다고 좋아하더군."

"아… 그건 몰랐습니다, 선배님."

"나도 겪은 일이다. 제대하고 나면 좋은 여자 생길 거야. 요즘 신입생들, 너희 때보다 훨씬 더 이쁘고 남자애들은 잘생기고~. 나야 화석 선배라고 다들 안 놀아주지만. 진우 너 정도 마스크면 신입생들한테도 잘 먹힐 거다. 제대하면 내가 미팅 많이 시켜 줄 테니까 국방의 의무를 다해라. 너 믿고 형은 열심히 공부한다."

"네. 감사합니다. 선배님."

"선배님은 무슨…. 형이라고 해, 이놈아."

"네. 형."

진우 씨는 휴가복귀를 하고 유격훈련까지 마치자 상병이 되었고, 이때부터는 조금 여유가 생겨 무전반에서 무전을 보며 책도 보고. 미래 준비도 했다.

무전반은 24시간 돌아가야 했기 때문에, 상병 때부터는 야간 근무도 추운 탄약고가 아닌 무전반에서 따뜻하게 무전대기를 하며 지냈다. 그리고 상병 5호봉이 되자 드디어 담배를 행정반 앞에서 홀로 피울 수 있는 권한이 생겼고 PX도 혼자 방문하거나 후임들을 데리고 가서 사 줄 수 있는 위치까지 오게 됐다.

드디어 병장이 되고 나서부터는 군 보급품으로 나온 싸구려 비누가 아닌 사제 샴푸와 세안제, 쉐이빙폼을 자 유롭게 쓸 수 있었다. 병장 때부터는 사회에 나갈 준비 를 착실히 하며 헬스장에서 몸도 만들었다.

진우 씨는 그동안 병영 부조리였던 것을 타파하려 많 은 애를 썼다.

아침에 기상하면 이등병은 빠른 속도로 자신의 이불 을 정리하고 병장 이불까지 정리하는 것이 당연했지만, 진우 씨는 병장이 되고 나서 이것을 못하게 했다.

"나 송장 아니다. 내 이불은 내가 정리할 테니 니 이 불이나 개라."

최고참인 진우 씨의 이불을 이등병이 개지 못하게 하자 진우 씨 아래 병장들도 자기 이불은 자기가 정리하게 시작했다. 전투화를 닦을 때나 총기 손질을 할 때도 자기 것은 자기가 하게 했다.

이전까지는 이등병 일병 때부터 당한 게 있어서, 고참이 되면 그대로 후임에게 시켰지만, 진우 씨가 내무반 실세가 되고 나서부터 그런 악습은 중단되었고 암암리에 창고 뒤편에서 일어나던 폭행도 없어졌다.

그렇게 진우 씨는 제대할 때까지 자기 일은 자기가 하고, 후임들에게 잘 대해줘서 그가 제대할 때쯤엔 진우 씨의 전화번호를 묻는 후임들이 많았다. 아예 진우 씨는 행정실에 자신의 핸드폰 번호를 알려주고 2년 3주간의 군 생활을 마쳤다.

처음 진우 씨가 입대하던 때엔 2년 2개월이었지만 새로운 대통령이 복무 기간 단축을 해주었고, 2002년 11월에 입대한 진우 씨는 소급적용을 받아 5주 단축되는 효과를 보았다.

진우 씨는 운 좋게 전역 시기와 복학 시기가 맞물려 제대를 하자마자 학교에 들어왔다.

"병장 김진우. 전역의 명을 받고 복귀했습니다. 이에 신고합니다. 필승!"

"김진우 복귀를 축하한다."

선배들은 진우 씨의 복귀 행사를 대대적으로 새벽 2시까지 해주었고, 진우 씨는 그제야 자신이 민간인으로 돌아왔음을 느꼈다. 다만 그의 곁에서 힘이 되어주던 민지 씨는 이제 진우 씨의 곁에 없다는 게 달라진 점이라면 달라진 점이었다.

'민지야…'

벌써 그녀와 헤어진 지 1년이 넘었고 잊었다 생각했지

만, 첫사랑의 기억, 그리고 그녀를 처음 만났던 캠퍼스로 돌아오자 자신도 모르게 진우 씨는 눈물을 흘리고 있었다.

'차마 너 행복하라는 말은 못 해주겠다. 내가 그렇게 착한 사람은 아니었나 봐.'

친한 선배였던 준호 씨와 명호 씨는 이미 졸업 후에 학교를 떠났고, 예전에는 누군가에게 조언을 받을 위치였던 진우 씨는 이제 신입생들이나, 입대 전 학생들에게 군대 생활이나 학교 생활에 대해 조언을 해주어야 할 위치가 되었다.

군대에서 말년 병장처럼 이제 누구에게 지시를 받는 사이가 아닌, 지시해야 할 위치로 온 것이다.

진우 씨의 누나 진희 씨는 어렵게 취업 문을 통과했지만, 2년 계약직이었다. 9시에 출근을 하고 6시에 퇴근을 하는 진희 씨는 대학졸업은 했지만, 정규직 취업은 꿈꾸기 힘들었다.

"진우야, 이 나라는 참 남녀차별이 심한 것 같아. 어째 계약직은 죄다 여자만 뽑고 정규직은 남자라니까. 월급 도 얼마나 많이 차이가 나는지 몰라."

진우 씨는 말해봤자 싸움만 할 것 같아 그냥 진희 씨 를 위로했다.

"남자라고 취업 잘되는 것도 아니고, 요즘 취업난이 너무 심하잖아. 난 계약직이라도 되었음 좋겠다."

"이게 말이 돼? 어떻게 여자 남자 월급 차이가 30%나 여자가 적을 수가 있어?"

"그러게, 누나."

진우 씨는 누나의 어깨를 툭툭 쳐주며 그녀를 위로했다.

'에이고…. 아무리 누나지만…. 그래 니 말대로, 여자 월급이 30%나 적게 주면 기업에서 너도나도 여자를 뽑

으려고 하지. 남자를 뽑으려고 하겠냐?'

이 시기에 진우 씨의 집안은 할머니가 돌아가시고 아
버지 김동현 씨도 은퇴하면서 형편이 예전보다 어려워
졌다. 그렇기에 진우 씨는 아르바이트를 해서 자신의 학
비를 댔다.

반면 진희 씨는 월급이 많진 않았지만, 집에서 생활하
면서 생활비는커녕, 가끔 아버지가 연금을 타는 날에는
용돈을 받아가곤 했다. 첫째 딸이 애교를 부리면 아버
지 동현 씨는 직장에 취업해서 아빠한테 용돈 줘야 하
는 게 아니냐며 타박을 하면서도 지갑을 열어 용돈을
주곤 했다.

❧

대학을 졸업한 진우 씨는 서류제출과정에서 번번이
탈락했고, 동기인 기태 씨 역시 마찬가지였다. IMF 이전
에 졸업한 선배들은 회사를 골라서 갔지만, 진우 씨의
동기들은 취업난의 한파를 그대로 맞고 말았다. 그럴 때

면 두 사람은 준호 선배를 찾아가 술을 얻어먹으며 위로
를 받곤 했다.

어느 날 진우 씨에게 한 통의 전화가 왔다.

"김진우 병장님 핸드폰 번호 맞습니까?"

"네."

"필승! 아버지. 수송부 계원 오현석입니다."

"아…. 오현석 상병."

진우 씨가 제대할 때쯤 상병을 갓 달았던 오현석이었
기에 진우 씨는 마지막 계급인 상병으로 그를 기억해냈
다. 군대에서는 자신과 같은 달에 입대한 1년 후임을 아
들이라 부르고, 2년 후임은 손자라고 부른다.

2002년 11월에 입대한 진우 씨와 2003년 11월에 입대
한 오현석 상병은 진우 씨와 딱 1년 차이가 났기에 아버

지와 아들 관계로 조금은 더 특별한 관계였다. 수송부
와 무전병을 훈련을 나갈 때 같이 나가고 한번 훈련을
나가면 며칠이든 야외에서 텐트를 치고 잠을 자며 고생
을 해서 유독 수송부와 통신병과는 친하게 지냈다.

"너도 이제 제대했구나."

"네. 제대한 지 좀 됐죠, 저도."

"말 놔라. 너도 82년생이라며?"

"그래도 될까? 그나저나 김 병장 요즘 뭐 해?"

"나 대학 졸업하고 취업준비하고 있어."

진우 씨는 솔직하게 말했다.

"훈련 나가서 그 추위에 벌벌 떨고 있을 때 챙겨줬던 건
빵, 맛스타 은혜를 잊지 못해서 내가 밥 한 번 살까 하는

데."

"됐어, 임마. 무슨 그걸 가지고 밥을 산다고. 사면 내
가 사야지."

취준생임에도 불구하고 군 시절 선임이었던 자존심에
밥은 진우 씨가 사기로 했다.

"나 일하는 데가 강남이야, 교대역. 내일 시간 되면 여
기 와서 식사나 할까? 내가 김 병장 있는 데로 가야 하
는데, 일이 워낙 바빠서 먼 곳은 못 가."

"그래."

진우 씨는 속으로 오 상병이 대단하다고 생각했다. 진
우 씨 기억에 오 상병은 고졸임에도 불구하고 컴퓨터 활
용능력이 뛰어나서 여단본부 전체 차량 입출차 관리를
했고, 간부들에게도 인정을 받았다. 고졸인데도 강남에
서 바쁘게 산다고 하니 내심 진우 씨는 그가 부러웠다.

오랜만에 진우 씨는 강남 나들이에 나섰다. 교대역 14번 출구로 나가자 집 근처 아파트만 있던 풍경과는 다르게 활짝 펼쳐진 빌딩 숲은 진우 씨를 기죽게 했다.

'아….. 우리 할아버지가 6.25 끝나고 이 근처에 땅만 사났어도 내가 지금 조물주보다 높은 건물주가 되었을 텐데….'

진우 씨가 중얼거리며 현석 씨와 만나기로 한 커피숍에 도착해서 담배를 피웠다. 그때 현석 씨가 도착했다.

"필승!"

"뭔 얼어 죽을 필승이야. 지겹다."

진우 씨는 타박하면서도 웃으며 현석 씨에게 악수를 권했고 두 사람은 커피숍으로 들어갔다.

"한번 꼭 밖에서 만나고 싶었어."

"그래?"

"김 병장처럼 주변에 적 없는 사람이 어디 있어. 나도 얼마나 존경했다고."

"왤케 띄우냐. 밥 내가 산다니까."

두 사람은 자리를 이동해서 고깃집으로 이동했고, 고기를 먹었다.

"반주 한잔 어때?"

"난 괜찮은데. 넌 사무실 들어가 봐야 하는 거 아니야?"

"나도 괜찮아. 많이도 아닌데 뭘. 이모 여기 참이슬 한 병 주세요."

두 사람은 대낮부터 소주잔을 기울였다.

"내가 사실은 삼촌 회사에서 일하는데 요즘 고민이 있어."

"뭔데?"

"삼촌이 지방에 지점을 몇 개 내서, 내가 거기 관리자로 가야 하는데, 믿고 맡길 사람이 없어. 몸은 하난데, 내가 가야 할 곳은 많고… 그래서 말인데, 너 취업하기 전까지 나 좀 도와줄 수 있어?"

"내가 뭐 할 줄 아는 게 있어야지."

"아니야. 딱히 어려운 건 아니고, 결제만 좀 해주면 돼. 근데 이걸 믿을 만한 사람한테 맡겨야 해서…. 내가 군 생활 내내 본 김 병장의 인성 정도면 맡길 만해. 도와줄 수 있어?"

"너무 갑작스러운데…."

"일단 오늘 서울 본사에서 며칠 교육받고 바로 내려가서 책임자를 맡아줘."

진우 씨는 잠시 당황스러웠지만, 한편으로는 자신의 처지가 너무 한심했다.

이렇게 자신과 동갑인 친구는 좋은 양복을 입고 회사에서 높은 위치에 있는데 아직 취업준비를 하고 있다는 사실에 자책했고, 빨리 부모님께 효도해야 한다는 생각에 즉흥적으로 현석 씨의 제안에 동의했다.

두 사람은 어느 건물로 들어갔다. 건물 입구에는 진우씨 또래의 남녀가 삼삼오오 모여서 담배를 피우며 이야기를 나누고 있었다.

진우 씨가 건물 안으로 들어가자 어여쁘게 생긴 젊은여성이 진우 씨에게 다가왔다.

"안녕하세요. 현석 씨한테 이야기 많이 들었어요. 오시느라 수고하셨어요."

여기저기서 진우 씨를 환영하며 자리를 권했다.

"현석아, 이거 좀 어리둥절한데?"

"나 믿고 왔으니까, 좀 있어 봐."

"김진우 씨라고 했지요?"

"네."

"저는 이곳 마스터 정승진이라고 합니다. 만나서 반갑습니다. 아마도 현석 씨가 이곳까지 데리고 오신 걸 보면 대단히 믿는 친구인 것 같습니다."

그가 말을 이었다.

"진우 씨, 지금 공무원이나 대기업 취업준비 중이시
죠?"

"네."

"대기업에 들어가도 요즘엔 40대에 정년퇴직할 수도
있고, 무엇보다도 세금 다 떼면 월급도 그렇게 높은 편
도 아니고. 일요일까지 출근을 해야 해요. 일하는 시간
이 너무 길죠. 그럼 즐길 시간이 없어요. 집이 부자가 아
닌 이상 가난을 벗어날 수 없는 것이지요."

진우 씨는 자신의 정곡을 찌르는 그의 말을 계속 경청했
다.

"만약 이곳에서 저희와 같이 네트워크 마케팅을 배운
다면 평생 많은 돈과 함께, 많은 여가 시간을 얻고 행복
한 삶을 살 수가 있습니다. 진우 씨 주변에 가장 친한
친구 세 명 있나요?"

"네."

"그럼 그 3명의 친구도 각자 3명의 친한 친구가 있겠죠. 그럼 벌써 9명. 이런 식으로 진우 씨 아래로 3명의 친구만 데려오면 시간이 갈수록 버는 돈은 기하급수적으로 늘어납니다."

진우 씨는 순간 취업이 되지 않는 자신의 처지가 너무도 서글펐고, 그래도 이곳에서 한 가닥 희망을 보았다. 그래서 그날부터 네트워크 마케팅 강의를 들었다.

"네트워크 마케팅은 앞으로 거스를 수 없는 대세에요. 이미 선진국에서는 보편화된 판매방식입니다. 어차피 우리 주변에서 필수적으로 사야 할 물건을 사는 소비자가 판매자가 되는 것이지요. 지금은 이렇게 선택된 소수의 사람들이 하지만 나중에 전 국민이 네트워크 마케팅을 통해 생필품을 구입할 때가 오면 여기 있는 여러분들은 엄청난 기득권을 가지게 되는 겁니다."

3일째 되던 날이었다. 강의를 듣고 있던 진우에게 한 통의 전화가 왔다.

"진우야, 취업준비는 잘돼 가고 있니?"

"어. 준호 선배, 저 지금 교육받고 있어요."

"교육? 너 지금 어딘데?"

"여기 교대역이에요."

"설마… 교대역 14번 출구?"

"어, 선배가 그걸 어떻게 하세요?"

진우가 뭐라 하기도 전에 준호 선배는 전화를 끊었다. 그리고 다시 진우가 강의를 듣던 도중 밖에서 소란이 일어났고, 진우를 찾는 준호 선배가 보였다.

"당신, 뭔데 여기서 행패야?"

사무실에서 가장 덩치가 큰 친구가 준호 선배에게 다가섰다.

그가 185㎝에 100㎏이 넘는 거구인 거에 비해 준호 선배는 170㎝가 되지 않는 작은 키였다. 하지만 녀석이 준호 선배의 목을 잡자 준호 선배는 그의 손목을 꺾었고, 그대로 무릎을 꿇은 녀석의 복부를 발로 힘껏 찼다.

"김진우, 이 새끼야. 너 여기서 뭐 하는 짓이야. 빨리 와, 임마."

진우 씨는 그토록 순하게 봤던 준호 선배가 화를 내는 건 처음 봤다.

"당신, 뭐야!"

우르르 여러 명이 준호 선배에게 달려들었다. 그러자

준호 선배는 핸드폰을 꺼냈다.

"여기서 112 불러서 강제합숙 판매원 모집으로 신고 한번 해 볼까?"

준호 선배의 한마디에 남자들은 모두 물러났고, 준호 선배는 진우의 손을 끌고 밖으로 나섰다. 건물 밖을 나서자마자 준호 선배는 진우 씨의 뺨을 때렸다.

"너 임마, 그래도 똑똑하다고 생각했던 놈이 다단계에 빠져?"

진우 씨가 아무 말 하지 못한 채 고개를 푹 숙이자, 준호 선배는 담배를 권했다.

"인생에 지름길은 없는 거야. 그게 내가 사업하면서 지키는 원칙이야. 아무리 급해도 원칙에서 벗어나면 그건 제대로 된 인생이 아니다. 앞으로 정신 똑바로 차려라, 김진우."

"죄송합니다. 선배님."

"너희들한테 말은 안 했는데, 나 얼마 전에 아버님 돌아가셨다. 너도 살아계실 때 잘해, 임마."

준호 선배는 진우 씨에게 봉투를 하나 건넸다.

"이게 뭐예요?"

"뭐긴. 너 취업 준비 하느라 맨날 집에서 용돈 타 쓸거 아니야? 집에 들어가는 길에 소고기라도 좀 사가."

"선배님…."

"나중에 취업하면 갚아. 아까 때린 거 미안하다."

준호 선배의 조언에 진우 씨는 크게 깨달음을 얻고 그때부터 취업준비에 매진해서 저축은행에 입사했다.

진우 씨는 신입사원 때부터 아침 일찍 출근하는 것을 당연시했고 그 성실함은 누구보다도 빠르게 인정을 받았다.

휴게실 정수기 물통이 비어있으면, 선배 여직원들은 진우 씨를 찾았다. 그러면 진우 씨는 달려가서 물통을 바꿔주었고, 그 외에도 힘쓰는 일은 진우 씨가 도맡았다.

일이 밀려 야근이 있을 때면, 진우 씨 팀에는 입사 동기인 유선영 씨와 이진희 씨가 있었지만 선영 씨와 진희 씨는 늘 칼퇴근이었다.

"진우 씨, 미안한데 이번 달 마감까지 처리하려면 이번 주는 좀 늦을 것 같은데 어쩌지."

"괜찮습니다, 과장님."

항상 입사하면서 평일 저녁 약속은 금요일이 아닌 이상 잡지 않았던 진우 씨였고, 진우 씨의 직속상관인 이승환 과장은 사람 좋기로 정평이 나 있어서 비록 진우 씨가 아랫사람이어도 함부로 하는 법이 없었다. 그래서 진우 씨가 그렇게 야근을 자처했는지도 모른다.

하나 같은 팀의 선영 씨와 진희 씨는 달랐다.
둘은 5시 30분부터 약속 시각을 잡고, 5시 50분부터 화장을 고치고 카운트다운을 셌고, 6시가 땡 치자마자 자리에서 일어섰다.

"금감원에서 추심협조공문 받은 거 진우 씨 이메일로 받았어?"

"아니요. 그거 유선영 씨가 받았습니다."

"그래? 선영 씨한테 전화 좀 해봐. 내일 오전 일찍 상무님께 보고해야 돼."

진우 씨는 선영 씨에게 여러 번 전화를 걸었지만 회사 전화번호가 뜨자 선영 씨는 전화를 받지 않았다.

"선영아, 전화 안 받아도 돼?"

"응. 안 받아도 돼. 이놈의 회사 빨리 때려치우든가 해야지. 아니 퇴근을 했는데 왜 전화를 하고 그래? 여직원이 무슨 종이야? 남녀차별 오진다. 나 오늘 저녁 먹고 죽는다. 배터리 분리~"

그렇게 선영 씨가 호프집에서 술 마시고 있을 때 진우 씨는 컵라면 하나와 삼각김밥을 먹으며 야근했다.

그런 와중에 동기였던 오윤주 씨는 남자인 진우 씨보다 더욱 독하게 일했다. 한참 데이트할 젊은 나이임에도 저녁을 잊은 듯 일에 매진했고, 진우 씨는 그런 오윤주 과장을 좋아했다.

ﾟ

회사에서 인정을 받고 어느 정도 직장생활이 안정될 때쯤이었다.

진우 씨는 네이버 삼성 라이온즈 팬클럽 카페에서 한 여자를 만났다. 그녀는 민지 씨 이후에 처음으로 사랑 이라는 감정을 갖게 해 준 여자였다. 물론 같은 동기인 오윤주 씨가 있었지만, 언제까지나 짝사랑의 대상이었 을 뿐이었다.

이승엽 선수와 양준혁 선수의 팬이었던 올드 삼성 팬 인 진우 씨와 한창 떠오르고 있는 오승환을 좋아했던 윤희정 씨는 정모 때 만나서 친해졌다.

저축은행에 근무하는 진우 씨와 카드사에 근무하는 희정 씨는 같은 금융계통이라 말도 잘 통했고 같이 삼 성 라이온즈를 응원하며 주말이나 평일 일찍 끝나는 날 에 야구장 데이트를 하며 금세 가까워졌다.

"오빠, 나 사랑해?"

"응. 사랑하지! 니가 젤 예뻐."

"나랑 결혼하고 싶어?"

"응. 물론이지. 우리 결혼하자."

"치이…. 무슨 프로포즈가 이래. 지금은 일단 거절 ~. 다음에 제대로 프로포즈하면 그때 한번 생각해볼 게. 나 다이아몬드 반지 좋아해."

진우 씨는 희정 씨와 만나는 토요일이 항상 기다려졌 다. 그래서 그렇게 열심히 일했는지도 모른다.

진우 씨는 고심 끝에 야구장 전광판에 프러포즈 신청 을 했다. 클리닝 타임이 끝나는 5회 말 잠실야구장 전광 판에는,

윤희정 사랑해. 나와 결혼해줘.

라고 문구가 크게 떴고, 많은 이들의 시선이 희정 씨 와 진우 씨를 향했다. 두 사람은 뜨겁게 키스했고, 진우

씨가 희정 씨에게 무릎을 꿇었다.

"나와 결혼해줘, 희정아."

진우 씨는 품속에서 반지를 꺼내 희정 씨에게 건넸고. 희정 씨는 다이아몬드 반지를 받는 것으로 대답을 대신했다.

상견례 날짜를 잡고, 양가 부모님은 한정식집에서 식사하며 결혼 날짜 이야기를 했다.

장남인 진우 씨를 위해 부모님은 1억 원을 주셨다. 진우 씨는 회사 생활을 열심히 해서 그동안 5천만 원을 모았고, 이 돈으로 대출을 받아 서울 노원구에 24평 아파트를 사기로 했다.

희정 씨 집에서는 예단으로 2천만 원을 보내주었고,

비록 진우 씨보다 2살 나이는 어렸지만 군 생활을 빼면 비슷하게 사회생활을 한 희정 씨는 천만 원을 모았다.

먼저 결혼을 한 희정 씨 주변 언니들의 "결혼하고 나면 여자 인생은 끝"이라는 조언에 명절마다 해외여행을 다니고, 명품지갑을 좋아했던 그녀였기에 결혼 전에 빚을 지지 않은 게 다행이었다.

"여자들은 같은 연차, 같은 일을 해도 남자보다 월급이 적단 말이야."

희정 씨는 항상 누나 진희 씨와 같은 말을 했다. 하지만 직장생활을 하며 여직원을 겪어본 진우 씨는 동의할 수 없었다.

항상 칼퇴근하고 자기 일만 하던 유선영, 이진희 씨는 진급에 대한 욕심도 없고 그저 시집가기 전까지 일한다는 느낌이 강했던 반면, 같은 동기였던 오윤주 씨는 일에 대한 욕심이 많았고, 능력도 뛰어났다. 그래서 동기들 중 가장 먼저 주임, 대리 직책을 달았고, 차기 유리천장을 깰 임원으로 주목받았다.

결국 여자라서 승진을 못 하는 것이 아니라, 능력이 부족해서 승진을 못 하는 것이었다.

"오빠. 집은 공동명의로 할 거지?"

"응?"

진우 씨는 속으로, 결혼할 때 3천만 원만 가지고 온 희정 씨가 공동명의를 제안하자 어이가 없었지만, 그냥 그녀의 뜻대로 하기로 했다. 그렇게 두 사람은 결혼했고, 신혼여행을 다녀와서 신혼집에서 달콤한 신혼 생활을 했다.

"여보, 어머님한테 집 비밀번호 알려드렸어?"

"응."

"그건 좀 그렇잖아."

"어? 그게 왜? 우리 결혼할 때 집 사라고 어머님이 1억 원 보태주신 거 몰라?"

"참 내, 그럼 세입자가 집 계약하고 집주인한테 비밀번호 알려줘?"

"그건 말이 안 되는 비유잖아."

"말이 안 되긴 뭐가 안 돼. 내 친구들 보니까 다들 미쳤다 그러더만."

"그래, 그래도 어머니 서운해 하시니까, 비밀번호 바꾸지는 마. 대신 내가 오시기 전에 미리 전화는 하라고 할게."

"그래."

두 사람은 결혼 초부터 시어머니가 오는 문제로 다투었
다. 물론 진우 씨는 알지 못했다. 이건 그저 전초전일 뿐
이었다는 것을….

가끔 진우 씨의 어머니가 집에 오는 날은 부부싸움의
날이었다.

"어머니 좀 안 오시게 하면 안 돼?"

"왜?"

"이제 결혼했으면 우리 살림이잖아. 청소니 반찬이니
너무 참견이 심하시잖아."

"알았어."

진우 씨의 어머니 경희 씨는 시어머니를 모시고 살면

서 온갖 비위를 다 맞추며 살았기 때문에 떨어져 사는 며느리가 마음에 들지 않았다.

부엌에는 햇반과 즉석국 포장이 쌓여 있었고 냉장고 안 우유와 시리얼도 영 마음에 안 들었던 것이다.

"엄마. 우리 집에 오는 건 좋은데, 살림에 참견은 하지 말아줘. 예전 엄마 때랑 지금은 다르잖아. 나 너무 힘들어."

"그래?"

"응. 와서 청소해주고 반찬 주는 건 좋은데, 참견만 하지 말아줘."

다행히 진우 씨의 중재로 꽉 막힌 성격이 아닌 경회 씨와 희정 씨는 더 이상 다투는 일은 없었지만, 시어머니를 직접 모시고 살았던 경회 씨 입장에서 희정 씨는 마음에 드는 며느리는 분명 아니었다.

그런데도 희정 씨는 주부들이 많이 모이는 인터넷 카페에서 시댁 욕하는 글에 동감을 하고 때론 직접 글을 쓰며 많은 동감을 받곤 했다.

현재

진우 씨의 회상은 여기까지였다.

진우 씨는 담배 연기를 길게 내뿜으며, 당장 명호 선배의 일은 슬펐지만 자기 자신이 누구를 챙기거나 할 만큼 여유가 없다는 것 또한 현실임을 자각했다. 어느덧 슬픔을 머금은 진우 씨는 서울로 올라가야 했다.

"준호 형, 언제 올라가실 거에요?"

"난 화장터까지 같이 가주려고. 그래도 이 녀석과 군대도 같이 가고, 대학 생활도 같이했는데, 내가 마지막 가는 길은 봐줘야지. 너희들은 월차 쓰고 온 거지?"

"네. 저희 먼저 올라갈게요."

"그래. 근데 진짜 형 서운하다. 어떻게 명호 장례식장에서 이렇게 만나냐. 밖에서 기분 좋게 만나면 얼마나 좋아."

"죄송해요. 저희가 자주 찾아뵐게요."

두 사람은 인사를 하고 부산역으로 향했다.

"진우야, 오늘 오랜만에 봤는데 너무 힘들어 보여서 안쓰럽다."

"그래? 기특하네. 내 마음도 잘 알아주고…. 기태야. 남자의 인생이란 무엇일까?"

"남자의 인생?"

"그래…. 이렇게 한 집안의 아들로 태어나 학창시절엔 공부만 하고, 군대도 다녀오고, 결혼해서는, 가정에 헌신하고…."

"그 또한 우리의 운명 아니겠어?"

"맞아…. 우리의 운명이지. 우리 부모님들은 우리보다 더 힘들게 사셨겠지…."

두 사람은 다음을 기약하며 헤어졌다.

다음날, 회사에 출근하자 엘엔씨대부 이명신 과장이 차장으로 승진하면서 팀장으로 새로 부임했다.

진우 씨는 어제까지 자신이 쓰던 팀장 자리 책상을 후배에게 주어야 했다. 2미터의 기다란 책상에 비해 애초에 없던 직책인 부팀장 김진우 과장을 위해 급조된 책상은 평사원의 그것과 같았다.

"선배님. 잘 부탁드립니다."

이명신 차장은 선배보다 먼저 진급을 했지만 진우 씨에게 깍듯하게 먼저 인사했다.

"잘 부탁드립니다, 차장님."

"선배님, 왜 그러십니까? 둘이 있을 땐 말 편하게 하십시오."

"그래도…."

"김 과장님, 오늘 유체동산 압류집행 직접 나가서 집행해주세요."

"네."

팀장이었던 진우 씨는 하루아침에 지시를 받는 부팀장으로 강등되었고 첫 임무로 채무자의 유체동산 압류 집행 현장을 나가게 되었다.

돈을 갚지 못한 채무자는 법원판결에 따라 집에 있는 유체동산에 압류딱지가 붙게 된다. 법원 직원과 함께 진우 씨는 채무자의 집으로 들어갔다.

법원 직원들은 익숙한 듯이 빨간색 딱지를 붙였다.

"엄마. 내 피아노…."

10살쯤 될 법한 아이는 자신이 아끼던 피아노에 딱지가 붙자 아직 어린 나이임에도 자기 피아노를 빼앗길 수도 있다는 것을 알고 엄마 품에 안겨 울었다.

진우 씨는 문득 수진이가 생각났지만 어쩔 수 없는 일이었다.

"엄마아⋯."

아이의 엄마는 망연자실한 듯 아이를 안으며 자리에
주저앉았다. 법원 직원들은 집행이 끝나자 돌아갔고 진
우 씨는 채무자와 면담을 했다.

"사장님은 아직도 연락 안 되세요?"

"네."

연락될 리가 없었다. 호프집을 운영하는 최 사장은 주
변에 프렌차이즈 주점이 들어오면서 매출이 급격히 줄었
고 올라가는 임대료와 인건비를 맞추지 못하고 사채까지
썼다.

한창 가게가 잘될 때는 30평 아파트에 살았지만 지금
은 줄이고 줄여서 15평 아파트 월세에 살고 있었고, 토
끼 같은 자식과 사랑하는 아내를 두고 지금은 살았는지
죽었는지 연락도 되지 않고 있다.

15평밖에 안 되는 아파트엔 10년이 넘은 듯한 가구, 가전 제품이 있었고 그나마 돈이 나가는 것이라고는 중고 디지털 피아노뿐이었다.

"사모님, 이거 2주 지나면 경매로 넘어갑니다. 다음 주까지 100만 원 정도 마련되시겠어요?"

"어떻게든 마련해봐야지요."

"여기 제 명함입니다. 돈을 마련하든 마련하지 못하든, 저한테 꼭 연락주세요. 다음 주까지 돈 못 마련하시면 제가 빌려드리기라도 할게요."

그것은 진우 씨의 진심이었다. 진우 씨의 진심 어린 제안에 여인은 고개를 끄덕일 뿐이었다.

유체동산 집행압류는 늘 있는 일이지만, 이렇게 부모의 빚 때문에 아이가 아끼는 물건까지 빼앗는다는 건 슬픈 일일 수밖에 없었다.

부모로서 아이를 사랑하는 마음, 그 어떤 부모가 다를까. 하지만 돈이 있는 부모와 돈이 없는 부모는 아이에게 해줄 수 있는 것이 달랐다. 그것이 대한민국이었다.

부모가 돈이 많아 아이 뒷바라지를 잘해준다면 좋은 대학을 갈 확률이 높았고, 이 집처럼 부모가 빚쟁이에 가진 것이 없다면 아이 학원은커녕 학교 준비물조차 사주기 힘들다.

"윤정호 대리."

"네, 차장님."

"이번 주 업무계획표 주세요."

"네. 여기 있습니다."

"음…. 업무계획표 이렇게밖에 못 짜나요?"

"네? 늘 해왔던 방식입니다."

"늘 해왔던 방식? 이게 지금까지 김진우 과장한테 보고했던 방식인가?"

"네."

"나는 김진우 과장이 아니라 이명신입니다, 이명신. 수장이 바뀌었으면 방식도 바뀌어야지 않나요? 내일까지 시간 줄 테니, 제대로 하세요."

"최지은 대리. 여기 채무자들 급여압류 했나요?"

"아니요. 아직 연체 한 달도 안 돼서 신청 전입니다."

"그렇게 맨날 한 발짝씩 늦으니까 채무변제를 늦게 받는 겁니다. 그동안 김진우 과장이 어떻게 일했는지 모르겠지만, 앞으로 연체 3주 이상 채무자들 급여가압류부터 들어가고 지급명령 신청 들어갑니다."

"네. 알겠습니다."

"오늘 다 같이 회식 한번 합시다. 다들 시간 괜찮죠?"

"네. 괜찮습니다."

이 차장은 진우 씨에게 전화를 걸었다.

"선배님. 오늘 회식인데 참석하시겠어요? 아니면 바로 현장에서 퇴근하시겠어요?"

"오늘 좀 피곤해서, 난 빠지겠네."

"네, 그럼 그렇게 하세요."

고깃집에서 소주를 먹으면서 분위기가 무르익자 이명신 차장은 애리 씨를 불렀다.

"애리 씨. 올해 나이가?"

"23살입니다."

"23살이라…. 좋을 나이지. 어린 나이에 뭐든 다 할 수 있을 나이야. 애리 씨 고졸인가?"

"네."

한참 취기가 오른 이 차장은 어느덧 애리 씨의 어깨에 어깨동무했다.

"술 한 잔 줘 봐."

애리 씨는 이 차장에게 소주를 따라주었다.

"일단, 야간대학부터 가. 노력은 절대 너를 배신하지 않아. 그러다 보면 정직원도 될 수 있는 거고…. 내가 우리 이쁜 애리 씨, 정직원 되게 한번 힘써줄게. 내 이래 봬도, 최 전무님 라인이라고! 내 말 한마디면 말이야…."

자기계발서에나 나오는 쓰잘데기 없는 말을 해주면서 이 차장의 손은 점점 애리 씨의 다리를 향했다. 그렇게 애리 씨에게 지옥 같은 회식이 끝났다.

◊

다음날 회사 휴게실에서도 이 차장의 행동은 변하지 않았다.

"세정 씨, 나도 커피 한 잔 줄래?"

항상 어린 계약직 여사원을 무시하며 자기 아래로 봤던 이 차장은 이제 대출심사팀 여직원에게까지 마수를 뻗쳤다.

"네."

"고마워. 역시 이 커피라는 건 말이야. 쌔끈한 여자가 타줘야 맛있다니까. 보기 좋은 떡이 먹기도 좋다고…"

그러면서 이 차장은 연신 세정 씨의 위아래를 뚫어라 처다보았다. 그 시선을 견디다 못한 세정 씨는 울면서 휴게실을 뛰쳐나갔다.

"무슨 일이야, 세정 씨?"

오윤주 과장이 놀라서 물었다.

"과장님…. 저 그만둘래요."

"왜 그러는데?"

세정 씨는 울면서 오 과장에게 이 차장의 성희롱 발언을 털어놓았다. 오윤주 과장은 바로 채권회수팀으로 향했다.

"이보세요. 이 차장님, 저 좀 보시죠."

"아니, 오 과장님이 여기는 웬일이십니까?"

"세정 씨한테 당장 사과하세요. 그리고 들어보니 어제 회식자리에서 애리 씨한테도 성추행하셨다면서요?"

"아니, 이 여자가 말이면 다하는 줄 아나. 나는 그저 막냇동생 같아서 힘내라고 한 것뿐이야. 그걸 가지고 성추행이라니!"

"이 차장님은 막내 여동생 허벅지를 그렇게 만져댑니까? 변태예요?"

"아니, 그게 무슨…."

"이봐. 오 과장, 그만하지."

분위기가 험악해지자 여신총괄부장 김덕호가 나섰다.

"김 부장님, 사내 성희롱 문제 해결 안 되면 대표님께 정식으로 안건 올리겠습니다."

"그래, 알았어. 진정하라고."

그제야 오윤주 과장은 제자리로 돌아갔고 이 차장도 자리에 앉았다.

"과장님, 최 전무님이 찾으십니다."

진우 씨는 담배를 한 대 피고 들어오자, 최 전무의 호출을 받았다. 회사 건물 가장 높은 곳에 위치한 전무실은 천연대리석으로 입구를 깔아놓았다. 사실상 최 전무는 회사의 실세였고, 대표나 다름이 없었다.

"진우야."

"네. 전무님."

항상 철두철미하게 빈틈이 없어 계약직 직원들에게조차 직책과 존대를 꼬박 써왔던 최 전무가 갑자기 자신을 이름을 부르자 진우 씨는 당황했다.

입사 후 최 전무가 진우 씨의 이름을 이렇게 부른 적은 한 번도 없었다. 심지어는 회식 때 술을 많이 마셨어도 마찬가지였다.

"이번에 많이 서운했지?"

"아닙니다, 전무님."

"니 신입사원 때 생각나는구나. 그때 내가 면접관이었지?"

"네. 그렇습니다."

"내가 부장 되고, 상무 될 때 그때 니가 큰 힘이 되주었지. 진우 니 인생의 멘토가 나라고 했던 거 진심인가?"

"네."

"참 넌 누구보다 열심히 했던 친구였어. 요즘도 젤 일찍 출근한다지?"

"네. 전무님."

"니 후배가 팀장이라 일하게 힘들지?"

"저는 괜찮습니다."

"아니야, 아니야. 이거 내가 니 생각을 못 했다. 진우 너 당분간 창구업무 보면서 재충전하자."

"창구업무 말입니까?"

"그래. 내가 니 직급은 유지해줄게. 고객 예금유치도 하고, 수신업무도 하고. 결국 니가 나중에 김덕호 부장 대신 여신총괄 보려면 수신업무까지 두루두루 해야지. 너 언제까지 전화해서 채무자들하고 싸움만 해댈 거야?"

진우 씨는 잠시 헛갈렸다. 20년 넘게 대부업과 저축은
행에서 잔뼈가 굵은 최 전무는 어떻게 보면 자신을 생각
하는 척했지만, 또 어찌 보면 채권추심팀에서 부팀장으
로 강등된 진우를 아예 내보내려는 심산일 수도 있었다.

진우 씨는 도저히 최 전무의 속내를 가늠할 수 없었
다. 자신을 진짜 위하는 것인지, 아니면 나가라는 것인지
알 수가 없었다.

물론, 최 전무의 의중이 어쨌든 간에 그의 지시를 거
부한다는 건 곧 회사를 떠난다는 뜻이었다. 최 전무의
권유에 따라 진우 씨는 그날부터 채권추심팀에서 수신
부 창구직으로 자리를 옮겼다.

"윤정호 대리, 추심이 왜 이렇게 공손해요?"

"네?"

"좀 더 강하게 하세요, 강하게. 너무 약해."

"윤정호 대리. 과장 승진하기 싫습니까?"

"아닙니다. 열심히 하겠습니다."

"직장인이 열심히 하겠습니다는 자랑이 아니라 당연한 거야. 열심히 하지도 않을 거면서 이 자리에 앉아 있는 건 당신을 뽑은 면접관도 미친 것이고 여기서 생각 없이 일하고 있는 당신도 제정신이 아니라는 거야. 실적을 내야 해, 실적을."

이명신 차장은 윤정호 대리를 비롯한 추심원들에게 진우 씨가 팀장으로 있을 때보다 훨씬 강한 독촉을 지시했다.

그러는 동안 진우 씨는 창구에서 자신의 역할을 하며 하루하루를 보냈다.

진우 씨는 좋은 쪽으로 생각하기로 했다. 사실 후배를 팀장으로 모시며 지시를 받는 것도 썩 마음이 내키는 일은 아니었다. 적응력이 뛰어난 진우 씨는 어느덧 수신부 업무에 적응했다.

"당신, 그걸 지금 이야기하면 어떻게 해. 나 오늘 분기 마감이라 늦는다고 했잖아. 알았어…."

오윤주 과장이었다.
두 아이의 엄마인 그녀는 회사 일과 집안일을 양분하는 슈퍼우먼이었지만 역시나 일을 하면서 어린이집에 맡겨놓은 아이 찾는 문제로 남편과 순서를 정하는 것이 가장 곤란한 일이었다.

그녀는 살면서 "여자니까 약해서, 여자라서 금방 그만두니까…."라는 말을 가장 싫어했다.
그렇기에 신입사원 때부터 다른 여자들은 엄두도 못 내는 정수기 물통 갈기라든가, A4용지 박스째로 옮기는 일을 남자들보다 먼저 했고 틈틈이 운동을 하며 체력관리를 했다.

자신의 일이 다 끝났어도 선배들이 퇴근하기 전에는, 잔심부름하면서 하나라도 더 배우려고 노력했고, 그렇게 선배들의 노하우를 자신의 것으로 만들었다.

그녀는 타고난 아름다움도 있었지만, 그런 프로다운 모습에 반한 남자들이 한둘이 아니었다.

"오 과장, 오늘 남편도 야근 있나 보네. 커피 한잔 해."

"네. 과장님, 고마워요. 바이어하고 약속이 내일이었는데 갑자기 당겨졌대요. 큰일이에요. 어쩔 수 없네요. 친정엄마한테 부탁해야죠. 이러다가 애들 얼굴도 잊어버리겠어요."

"고생이 많아."

"가끔은 제가 하는 일이 맞는 건가 하기도 해요. 얼마 전 아이가 제 모습을 그려줬는데 뒷모습을 그렸더라고요. 그러고 보면 늘 희진이를 어린이집 데려다주고 무엇이 그리 바쁜지 회사로 달려왔으니 아이는 제 뒷모습만 기억하나 봐요."

오 과장은 어느덧 눈물을 흘리고 있었다. 회사라는
곳이 그랬다. 그렇게 개인적인 사정 따위는 봐주지 않았
다. 오로지 이 사람이 회사에 도움이 된다면 품었고, 그
렇지 않으면 내쳤다.

채권추심팀은 김진우 과장에서 이명신 차장 체계로
바뀐 뒤로 실적은 올랐지만 강한 추심에 따른 서서히
부작용이 나타나기 시작했다. 진우 씨는 휴게실에서 커
피를 마시다 윤정호 대리와 마주쳤다.

"윤 대리. 무슨 일 있어?"

"저기 과장님⋯."

"왜?"

"쥬신헤어 김지혜 원장이 자살했습니다."

"김 원장이 왜?"

김지혜 원장은 우량고객으로 3년간 연체 없이 잘 갚
다가 최근에 주변에 프렌차이즈 미용실이 많이 생기면
서 연체횟수가 잦아진 고객이었다.

진우 씨는 입금이 늦을 때면 먼저 전화를 했고 어려
운 가운데서 홀어머니를 모시며 사느라 혼기도 놓친 그
녀가 안타까워 심한 추심은 하지 않았다.
하지만 이명신 차장이 직접 미용실에 찾아가 압박을
하자 결국은 홀어머니를 놔두고 그녀는 최악의 선택을
했다.

"야, 이명신. 이 새끼야!"

진우 씨는 김 원장이 이 차장 때문에 죽었다는 사실에
흥분해서 그를 찾아갔다. 그리고 그의 멱살을 잡았다.
평소 사람 좋기로 회사 내에서 정평이 나 있고, 부하
직원이 실수해도 화를 내지 않는 진우 씨였기에 진우 씨를 아는 사람들은 그가 이렇게 화내는 것에 놀라고 있었다.

"이게 니가 생각하는 그런 거냐, 니가 생각하는 실적이 이런 거야?"

"이거 놓으십시오, 선배님."

"아무리 채권추심을 하더라도 정도는 지키면서 해야지, 이건 아니잖아."

"저도 괴롭습니다."

"뭐? 괴로워?"

"네."

진우 씨는 이 차장의 멱살을 풀어주었다.

"명신아, 이따 술 한잔 하자."

두 사람은 곱창집에서 마주 앉았다.

"너 좀 변한 것 같다."

"그렇게 보입니까, 선배님?"

"그래. 너도 괴로울 테니 술이나 마셔라."

"네."

"난 이따 김 원장 장례식장 찾아가봐야겠다. 삶과 죽음의 경계에 있는 직업이 장의사가 아니라 우리들이라는 생각이 든다."

"다 제 잘못입니다."

"내가 채권추심팀을 떠난 마당에, 아니 쫓겨난 마당에 너한테 업무적으로 뭐라고 하진 못하겠다. 한잔 해라."

두 사람은 어느덧 소주 2병을 비웠다.

"죄송합니다. 선배님."

"사과는 당사자한테 해라. 너 나한테 잘못한 거 없잖아."

"아닙니다. 선배님을 무시했습니다."

"됐다, 그만해라…."

명신 씨는 진심으로 진우 씨에게 사과하고 있었다.

"너도 그 자리를 유지하고 처자식을 먹여 살리려면 어쩔 수 없었겠지. 힘내자…. 근데 명신아. 우리 하나만 약속하자."

"네? 무슨 약속을."

"너도 먹고살려면 너보다 강한 사람에게 약한 건 어쩔
수 없지만, 너보다 약한 사람은 괴롭히지 말자."

"명심하겠습니다. 형님."

진우 씨는 명신 씨의 어깨를 툭 치며 계산을 하고 밖
으로 먼저 나섰다. 진우 씨의 뒷모습에서 무거운 가장의
무게가 느껴졌다.
대한민국이라는 나라에서 금수저가 아닌 남자가 살아
가기가 이렇게 힘든 것인가?

그걸 알면서도 진우 씨는 사랑하는 가족을 위해 오늘
도 한 걸음 한 걸음 내딛고 있다.

-끝-

글을 마치며

한국사회에서 남자로 살아간다는 것은 너무나도 힘든 일이다.

어려서는 대학교 입학경쟁, 대학교 졸업 후 취업경쟁, 결혼 후 가족들을 위한 희생, 그 한국 남자의 중심에는, 82년생들이 있다. 결혼을 하고 자녀를 낳고 회사에서는 상사들을 모시고 후배들을 이끌어야 한다.

어느 순간부터 우리는 82년 김진우 씨에게 너무 많은 짐을 준 것은 아닐까?

나 또한 82년생으로 2002년 월드컵 4강 신화를 눈앞에서 지켜보았고 그동안 쉼 없이 달려오기만 했다. 이제 우리 사회에서도 이 사회의 주춧돌, 82년생 남자 김진우 씨에게 휴식을 주어야 하지 않을까?

주춧돌이 무너지면 사회가 무너진다.
그동안 남자라는 이유로, 너무 많은 것을 참아왔던 이 시대의 김진우 씨에게도 이제는 휴식이 필요하다.